DÉLIQUESCENCE

lemasque.com

DEBORAH KAY DAVIES

DÉLIQUESCENCE

Traduction de l'anglais (Royaume-Uni)
par Jean Esch

Titre original :
True Things About Me
publié par Canongate

Conception graphique et couverture : Louise Cand

ISBN : 978-2-7024-5115-1

Deborah Kay Davies est galloise. Elle enseigne la littérature anglaise et l'écriture à l'université de Cardiff. Elle a publié un recueil de poèmes (*Things You Think I don't Know*) et des nouvelles (*Grace, Tamar and Laszlo the Beautiful*) couronnées par le Wales Book of the Year Award en 2009. *Déliquescence* est son premier roman. Il a été adapté en film en 2021.

Pour Norman, avec tout mon amour

Je descends sous terre

J'appuyai sur le bouton pour appeler la personne suivante. La vieille femme commença à me parler de sa voisine. Elle ne cessait de tapoter sur la paroi vitrée qui nous séparait. Cette fille fait le trottoir, me dit-elle, elle gagne sa vie de manière immorale. C'est répugnant. Il faudrait que quelqu'un vienne enquêter. Je lui suggérai de contacter la police. Elle retroussa les lèvres et produisit un petit bruit de crachat. La moitié des policiers sont sûrement de mèche, répondit-elle. Ça ne m'étonnerait pas. Des garçons vont et viennent à toute heure du jour et de la nuit. Et pas seulement des garçons. Des hommes aussi. Des hommes qui pourraient être son grand-père. Elle se redressa et pointa son pouce sur sa poitrine. J'ai même vu entrer des hommes de *mon* âge.

J'essayai de reprendre le contrôle de l'entretien, mais la vieille femme refusait de céder la main. Je voyais un homme aux cheveux blonds bouclés assis derrière elle, sur sa gauche. Il avait les bras croisés et les yeux fermés. Elle se pencha en avant.

Autre chose, ajouta-t-elle : le vacarme permanent. Elle passe son temps à faire rugir le moteur de sa belle voiture sous ma fenêtre et à claquer les portières, comme si elle n'en avait rien à faire. Ça devrait être interdit.

Chaque fois que la vieille femme cognait contre la vitre, elle m'appelait « mademoiselle ». Je continuai à la laisser parler quelques instants en regardant par-dessus son épaule les autres personnes qui attendaient. Le type lisait le journal maintenant. Il avait des épaules larges. De longues jambes étendues devant lui, joliment moulées dans un jean délavé. Je dis à la vieille femme : je m'en occupe, on va vérifier. Et je griffonnai son adresse. Elle me jeta un regard mauvais. Ce sera tout, dis-je. Je dois recevoir la personne suivante. Et j'appuyai sur le bouton.

Il s'assit et se renversa contre le dossier de la chaise. Votre nom ? demandai-je, et je le notai. Je lus sa fiche de renseignements. Il sortait tout juste de prison. Rien de bien méchant, précisa-t-il, et il s'étira. Une partie de rigolade avec un semi-remorque et un lampadaire. Il se cala au fond du siège et m'adressa un grand sourire. Je le lui rendis. Sans savoir pourquoi. C'était totalement déplacé. Votre adresse ? demandai-je. Il se pencha vers la vitre. Pourquoi vous voulez savoir où j'habite ? Son souffle dessina un ovale fugitif sur le verre. Je lui expliquai que je faisais mon travail. Ça n'avait rien de personnel. Dommage, dit-il. Je feuilletai son dossier et pris mon stylo. Marié ou célibataire ? Célibataire. À cent pour cent, ajouta-t-il en posant ses mains à plat sur la surface vitrée. De belles mains, de jolis ongles et ce qui aurait pu être une alliance.

Je levai le nez des formulaires. Il me fit un clin d'œil. Je lui expliquai qu'il devrait attendre environ une semaine, le temps que quelqu'un traite sa demande. Pas de problème, répondit-il. C'est bientôt votre pause-déjeuner ? Sa chemise était ouverte au col. On avait envie d'embrasser son cou. Non, répondis-je en remettant de l'ordre sur mon bureau, je n'ai pas le temps de déjeuner. Dommage, répéta-t-il, et il se leva. Tout le monde devrait avoir droit à une pause. Vous semblez en avoir besoin, et d'une longue. Je sentis que je rougissais. Je rassemblai les éléments de son dossier avec ostentation. Je n'osais plus lever les yeux. J'appuyai sur la sonnette et attendis. Il avait disparu.

Alison et moi, on travailla tard. La nuit tombait quand on sortit de l'immeuble, et l'air était presque glacial. Il attendait sur le trottoir d'en face. Le type est là, dis-je à Alison. Il marchait vers nous. Qui ça ? demanda Alison en tournant la tête de tous les côtés. Soudain, il se retrouva devant nous. Bonsoir, me dit-il en ignorant Alison. Vous venez ? Alison s'arrêta et nous regarda tour à tour. Salut, dis-je avec un haussement d'épaules. Alison s'accrocha à mon bras. Et le ciné ? dit-elle. Il me prit la main et m'entraîna doucement. Je le suivis. Alison me lança : Tu es sûre que ça va ? Je voulus lui répondre, mais on marchait trop vite, on était trop loin, on descendait déjà sous terre.

Je ne fais pas attention à mes affaires

Il m'entraîna dans l'escalier du parking puis dans un coin sombre. Je sentais les odeurs de béton humide, d'huile et de gaz d'échappement. Il me plaqua contre un pilier. Enlève ta culotte, m'ordonna-t-il avec un large sourire qui dévoilait ses dents. Monte sur moi. Monte sur mes chaussures, je veux dire. Il ne faut pas que tu te salisses les pieds. Il me soutint pendant que je me débattais pour enlever mes collants et ma culotte. Mon esprit ressemblait à un drap blanc étendu sur une corde à linge. Il avait passé un bras autour de ma taille. Il glissa sa main entre mes cuisses et introduisit ses doigts à l'intérieur. J'aime cette sensation, dit-il. Il baissa sa braguette et fourra son pénis dans ma main. Il cognait lourdement contre ma paume.

Je suis super prêt, dit-il. Et toi ? Oui, dis-je et je lui ouvris mes cuisses. Dis « Baise-moi », demanda-t-il, alors je le dis. Il poussa un grognement en entrant en moi. Je nouai mes bras autour de son cou. Il aspira ma lèvre inférieure. Je léchai ses dents avec ma langue. Je sentais les lacets de ses chaussures sous mes pieds. Quand il jouit, l'arrière de mon crâne cogna contre le pilier. Ensuite, j'entendis des portières claquer, et mes jambes se dérobèrent.

Rapide et agréable, dit-il en remettant de l'ordre dans ma tenue. Il me souleva et me porta jusqu'à la file des taxis. On ne parlait pas. Il m'aida à monter dans le taxi et donna de l'argent au chauffeur. Tiens, ça peut toujours servir, dit-il et il jeta à l'intérieur mes collants et ma culotte chiffonnés. À un de ces jours. C'est parti, mon pote, dit-il au chauffeur, et il donna un coup de poing sur le toit. Je restai assise sur la banquette, avec ma culotte dans les mains. Du bout des doigts, je palpai la bosse derrière ma tête ; c'était poisseux. Le sperme s'écoulait et se répandait sur ma jupe. En rentrant chez moi, je constatai que le dos de ma veste en cuir toute neuve était éraflé et entaillé. Je la roulai en boule et la fourrai en bas de ma penderie. Je l'avais depuis une semaine.

Je deviens réfléchie

Cette nuit-là, je commençai à avoir peur ; impossible de me souvenir de certaines choses, de la façon de faire mon travail, par exemple. J'allumai la lampe de chevet pour prendre des notes. J'essayai de recenser quelques-unes des tâches que je devrais accomplir le lendemain matin, mais, pour finir, j'écrivis simplement : allumer ordinateur, faire café, classer dossiers traités par ordre alphabétique. Puis je fis une nouvelle liste en classant la première par ordre alphabétique. La tâche paraissait ardue. Le laps de temps qui s'était écoulé après que j'avais quitté mon travail était incompréhensible. Je savais que je devrais y réfléchir. Le plus facile, ce serait d'utiliser des couleurs. Bleu nuit : quitter le travail avec Alison. Jaune tout à coup. Puis abricot. Plongée dans le rouge, marbré d'autre chose. Au fond, un dépôt kaki.

Au matin, je décidai d'appeler Alison pour lui demander de dire à notre chef que j'étais malade. J'évitai le grand miroir de la penderie dans ma chambre et traversai la maison silencieuse pour descendre à la cuisine. Tout était à sa place. J'eus du mal à approcher le téléphone de mon oreille. Le fil était tout entortillé. Alison décrocha enfin. Ne quitte pas, dit-elle avant que j'aie pu prononcer un mot. Je l'entendis crier, il était question de boîtes à sandwiches, puis il y eut une cavalcade dans l'escalier. Une porte claqua.

C'est bon, ils sont partis. Comment ça va, ce matin ? Personnellement, avant que tu me poses la question, je n'ai jamais été dans une telle forme. Je ne vis que pour les matins d'école. Oh, le bonheur des sandwiches thon-mayonnaise. La recherche enivrante de ces foutus maillots de bain. Soudain, je ne me rappelais plus pourquoi j'avais appelé. Continue, dis-je. La voix d'Alison était comme une main fraîche posée sur mon front. Laisse-moi deviner, dit-elle. Tu veux que je raconte à Miss Cul Serré que tu es malade. C'est ça ? Oui, si ça ne t'embête pas. Je ne reconnaissais pas ma voix. Comme d'habitude, quoi, dit-elle. Tout va bien ? Je me suis fait du souci pour toi. Évidemment, répondis-je. Pourquoi ça n'irait pas ? Aucune idée, dit-elle avec une pointe de sarcasme que je jugeai inutile. Il va falloir qu'on ait une longue discussion, ma petite, très vite. J'ai hâte, dis-je.

Je me fis du café. Les rayons de soleil qui vibraient dans la cuisine se reflétaient sur la bouilloire et les ustensiles suspendus. Il me restait du chocolat ; je l'emportai à l'étage avec le café. Plantée devant le miroir, je laissai mon peignoir glisser sur mes épaules. Regarde-toi, ordonnai-je à mon reflet avec une parodie d'accent irlandais. Mon visage était toujours le même, mais pas vraiment. Il me regardait sournoisement, les yeux étaient plus petits, plus pâles peut-être. J'avais de nouveau peur. Je palpai l'arrière de mon crâne. Mes cheveux formaient un petit nid douloureux. Je m'examinai pour de bon. Tu es dégoûtante, dis-je. Comment peux-tu faire de pareilles choses ? Je n'arrivais pas à garder l'accent. Je fus choquée par la vision de ma bouche souriante.

Je me fis couler un bain. Faire pipi était douloureux. Je ne reconnus pas mon odeur. Chaque fois que je repensais au parking, quelque chose grimaçait dans mon ventre, des palpitations s'élevaient autour de mon cœur et s'échappaient à travers mon cuir chevelu. J'étais horrifiée. Dans la baignoire, l'eau me submergea. Je m'enfonçai sous la surface et me débarrassai du sang séché dans mes cheveux. La sensation de palpitations se transforma. Maintenant, c'était comme si quelque chose tremblotait à l'intérieur. Je me souvins de m'être cogné la tête. Les larmes me vinrent aux yeux. Je sortis précipitamment du bain et me séchai.

Un silence profond régnait dans la maison, toutes les pièces étaient vides. On se serait cru dans une maison de vacances hors saison. Ne pouvant pas rester là, je m'habillai, claquai la porte d'entrée et montai dans ma voiture. Au feu rouge, j'évitai de croiser mon reflet dans le rétroviseur pendant que j'envoyais un texto à Alison : J'arrive dès que possible. Vive les horaires libres. Tm.

Je travaillai comme une dingue toute la journée et sautai le déjeuner. J'ignorai les regards inquiets d'Alison, posai un congé et partis en laissant un bureau bien rangé. Pour finir, je notai son adresse et son numéro de téléphone, au cas où.

Je parle aux animaux

Je décidai de rendre visite à ma grand-mère. Dans les magazines, on lisait toujours que la meilleure solution, quand on se sentait déprimé, c'était de faire quelque chose pour quelqu'un d'autre. Je ne la trouvai pas dans la salle. Pour moi, toutes les vieilles dames se ressemblaient. Ma grand-mère avait été du genre forte poitrine, rinçage bleuté et bijoux fantaisie. Elle faisait des tartelettes dorées et croustillantes avec de la confiture de fraises au centre. Chacune était ornée d'une lettre de mon nom, en pâte. La confiture encore liquide était à tomber. On confectionnait des habits pour ma poupée, Valerie. Grand-mère disait qu'il fallait se concentrer sur les tenues de soirée. C'est le genre de Valerie, disait-elle avec un clin d'œil. On échangeait beaucoup de clins d'œil. Les jours de pluie, on faisait du coloriage. Ne t'inquiète pas, me disait-elle quand je dépassais les traits. Nul n'est parfait, ma chérie. Surtout pas ta grand-mère.

Je fis le tour de la salle en regardant chaque vieille femme. Elles ressemblaient toutes à des ballons à moitié dégonflés. L'ayant enfin trouvée, je m'assis à son chevet dans le fauteuil brillant. Je lui pris la main. Je ne reconnus pas ses bagues. Grand-mère ? Elle tourna la tête pour me regarder. On se dévisagea. Vous êtes ma grand-mère ? demandai-je. L'infirmière entra. Votre grand-mère est là-bas, me dit-elle en prenant le tableau accroché au pied du lit. Elle dut m'aider à libérer ma main. La vieille femme avait de la poigne. Au cours de la lutte, elle émit une sorte de son strident.

Je me retrouvai dans les toilettes. Bon sang, dis-je dans la cabine. Assise sur la cuvette, couvercle baissé, j'éclatai de rire. Un rire tremblant. Il résonnait de manière inquiétante dans les toilettes caverneuses. Je ris de plus belle. Avant de me mettre à pleurer. Quelqu'un entra dans le W.-C. voisin, alors je pleurai en silence. J'entendis un bruissement. Puis un pet discret. Pardon, dit une voix, au moment où la chasse d'eau se déclenchait. Je gloussai discrètement jusqu'à ce que mes sanglots cessent, puis je sortis pour me laver les mains et arranger mon visage. Il y avait un petit écriteau manuscrit au-dessus du lavabo : Attention. Eau très chaude. L'encre avait coulé, et on aurait dit un message terrifiant écrit sur un miroir dans un film d'horreur. J'utilisai le robinet d'eau froide. Bon, dis-je. Ma grand-mère maintenant.

Je l'embrassai sur le front. Autrefois, elle sentait la poudre de riz Coty et les bonbons à la menthe. Elle me tapota la joue. Comment ça va, ma petite chérie ? Ses yeux ressemblaient à de minuscules fruits rouges chocolatés. Je lui parlai de l'homme blond. Je le décrivis en détail. Elle me regarda et esquissa un sourire. Quand je lui parlai du parking et du taxi, ses sourcils remuèrent. Je crus qu'elle m'avait fait un clin d'œil. Grand-mère, dis-je, je me sens vraiment mal. Mais nul n'est parfait, n'est-ce pas ? Pas vrai ? Elle serra mes poings entre ses mains chaudes. Je me sentis un peu apaisée.

C'était comme une sorte de tournant, lui dis-je. Qu'en penses-tu ? Que devrais-je faire maintenant ? Ne pas le revoir ? Sa chemise de nuit était bordée de boutons de rose au col, et une barrette en plastique empêchait que ses cheveux ne tombent devant son visage. J'attendis. Elle ouvrit la bouche et commença à produire des bruits de poule, doucement d'abord. Je lâchai ses mains. Elle rejeta la tête en arrière et se mit à chanter comme un coq. Elle avait de petites griffes qui pinçaient les draps. Je ne pouvais plus bouger. L'infirmière réapparut et posa la main sur mon épaule. Vous devriez vous en aller, dit-elle, et elle me secoua. C'est l'heure des médicaments.

Je suis abandonnée par ma mère

Après ma visite à l'hôpital, impossible de dormir. Pauvre vieille grand-mère, elle aurait détesté ce qu'elle était devenue. Je me souvenais du bruit de ses talons hauts dans la cuisine. Jamais on ne l'aurait vue avec des pantoufles, et encore moins avec une barrette. Toute la nuit mes paupières demeurèrent tendues autour de mes yeux exorbités. Au matin, j'avais l'impression d'avoir vieilli de cinq ans dans le noir, alors je décidai d'aller consulter.

Mon médecin habituel était absent. Je vis une remplaçante, une superbe Asiatique. Difficile de lui donner un âge. Entre douze et quarante-cinq ans, pensai-je. Non, pas douze ans, évidemment, c'était ridicule. Mais ça aurait pu. Elle ne détachait pas les yeux de l'écran de son ordinateur. Oui ? dit-elle. Des problèmes ? Non, dis-je. Je vais très bien, vraiment très bien. Et vous ? Elle me regarda enfin. En quoi puis-je vous aider ? demanda-t-elle d'un ton sec. Je lui expliquai qu'il me fallait quelque chose pour dormir. Elle fronça les sourcils. Avez-vous déjà pris des somnifères ? Elle reporta son attention sur l'ordinateur. Pour finir, elle rédigea une ordonnance.

Je m'affairai dans la maison durant le restant de la journée. J'avais un vieux film en DVD que je voulais voir, alors, dans l'après-midi, je m'installai pour le regarder. Ça commence par cette très jolie femme qui semble normale, innocente et gentille. Mais très vite, on comprend qu'elle est folle. Son mari écrit des pièces, et, à force de harcèlement, elle l'a persuadé de l'épouser en faisant semblant de raffoler du théâtre. C'était un de ces films où le spectateur sait des choses bien avant les personnages. Finalement, elle noie le gentil frère infirme de son mari trop confiant et détruit l'enfant qu'elle porte en elle, car elle est jalouse de l'attention que son bien-aimé accorde aux autres. Puis, après avoir tout arrangé pour le faire accuser de sa mort, elle s'empoisonne. Tout ça parce qu'il a découvert ce qu'elle a fait et qu'il est sur le point de la quitter. Alors qu'elle agonise, la tête appuyée contre ses oreillers, tel un ange maléfique, elle lui dit : Je ne te laisserai jamais partir, jamais, jamais. Bon sang, quelle femme diabolique. Malgré tout, vous ne pouviez pas vous empêcher d'éprouver de la compassion pour elle, d'une certaine façon. Elle savait ce qu'elle voulait, assurément. Mais je ne comprenais pas ce qu'elle trouvait à son mari : c'était une vraie lavette avec d'improbables sourcils taillés.

J'éteignis la télé et repensai au parking. Je me vis quittant mes chaussures. Ôtant mes collants et ma culotte. Il m'avait aidée. Je me souvins de l'air froid remontant sous ma jupe, du contact de son dos musclé, de la façon dont il s'était plus ou moins baissé pour s'emparer de ma bouche. Je songeai que je l'avais tenu dans ma main. J'avalai quelques cachets et allai me coucher. Je ne cessais de revoir la scène. Quand je pensais au grognement qu'il avait poussé en introduisant son pénis en moi, je sentais un bourdonnement entre mes cuisses, accompagné d'un petit pincement délicieux.

Dans mon lit, je n'arrêtai pas de chercher un coin frais sur les oreillers. Puis je m'endormis. Je rêvai que je me promenais avec ma mère. J'étais enfant ; elle me dominait de toute sa hauteur pendant qu'on marchait. Elle fredonnait un cantique au rythme de nos pas. On passa devant une ruelle obscure dont l'entrée était en partie masquée par des branches de lierre qu'agitait un vent inexistant. Ma mère me poussa dans la ruelle. Je l'entendais qui continuait à chanter. Des poubelles étaient alignées contre le mur. Au ralenti, un énorme ours noir avec du sang sur les dents sortit d'une des poubelles, dressé sur ses pattes arrière. Le couvercle resta posé sur sa tête, semblable à une casquette plate et raide. Il se jeta sur moi et m'arracha l'estomac avec ses griffes crochues.

J'entendis ma colonne vertébrale se briser. Tous mes organes se répandirent sur le sol. Mon ventre était écarlate et vide. Je sentais l'air froid jouer sur la chair à vif brûlante. J'appelai ma mère en hurlant, mais elle ne répondit pas. Elle continua à chanter et à balancer son sac à main dans la rue baignée de soleil. Je me réveillai à moitié hors du lit, le souffle coupé, couverte d'une pellicule de sueur. Je restai longtemps sous la douche, puis m'enroulai dans un vieux peignoir en éponge. En bas, je me servis un verre de jus de pomme et restai assise à la table de cuisine jusqu'au lever du jour.

Je sers des amuse-bouche originaux

Je commençai à rôder autour de la penderie dans laquelle j'avais balancé ma veste en cuir abîmée. Ce sont des choses qu'il faut savoir affronter, petite idiote, dis-je à voix haute. J'avais lu dans un magazine un article intitulé « Avancer et progresser ». Je savais que c'était du baratin, mais, pour une raison quelconque, je n'arrêtais pas de repenser à ma veste. Je m'allongeai sur le lit et me parlai à moi-même. C'était quoi, mon problème, au juste ? Il y avait un tas de filles bien, parfaitement normales, qui faisaient des trucs dans des parkings, tout le temps. Personne ne les jugeait. Elles en riaient quand elles se réunissaient autour de la photocopieuse, nom d'un chien !

Mais je repensais à ma veste. Au temps qu'il m'avait fallu pour économiser la somme nécessaire. À sa peau couleur caramel si douce. Bien que légère, elle me protégeait à merveille du vent froid. Je repensais à son odeur enivrante. Aux boutons en bois noueux avec leurs fermoirs en métal. Tout est foutu maintenant, dis-je.

Quand j'ouvris la porte de l'armoire, le parfum salubre et rauque du cuir s'en échappa. Je reculai et inspirai à fond. C'était une odeur paisible. Elle me rappelait le cartable que j'avais hérité de mon cousin Daniel. Il y avait d'étranges inscriptions sur les sangles ; des symboles irréguliers, grattés. C'était Daniel qui les avait faits. Le cartable était nouveau pour moi, mais pas neuf ; il était déjà allé à l'école. Le cuir était doux et brillant là où Daniel l'avait usé. Je me souvenais qu'on m'avait arraché mon béret d'uniforme, alors que je remontais l'allée, le premier jour. Mais personne n'avait voulu de ce vieux cartable adoré. Devenue grande, cette fillette ne serait pas descendue dans un parking souterrain. Elle n'était pas du genre à abîmer une veste précieuse pour rien.

Je regardai les somnifères sur la table de chevet. Je les avais sortis de leurs plaquettes pour les mettre dans un petit bol. On aurait dit les bonbons à la menthe qu'on vous offre dans certains restaurants, c'était amusant. Je pris le bol et le tendis à mon reflet. Servez-vous donc, dis-je en imitant la voix de Judith Chalmers, la présentatrice télé préférée de ma grand-mère. Prenez-en une poignée, n'hésitez pas ! Je me promis qu'après avoir inspecté sérieusement ma pauvre veste j'en avalerais quelques-uns et dormirais pendant plusieurs jours. Je fis le tour de la pièce et lus mon magazine un instant. Je l'avais acheté à cause de la couverture, qui annonçait un article sur une femme qui avait été assommée par une frite surgelée.

Il y avait d'autres affaires abandonnées en bas de l'armoire, et je dus fourrager pour retrouver la veste. La doublure était glissante et froide sous mes mains. La veste n'était pas aussi lourde que je le croyais. Je passai un certain temps à la disposer sur la couette roulée en boule. Elle paraissait trop petite pour moi. Elle ressemblait davantage à un manteau de fillette. Ou au blouson d'un minuscule cascadeur aérien de jadis. Je la palpai comme une aveugle, en pensant que je ne la porterais plus jamais. Je la retournai et introduisis mes doigts dans les entailles. J'entendis quelqu'un sangloter. Les lacérations semblaient avoir été faites par un animal.

Je donne des conseils d'ordre vestimentaire

Alison me demanda combien de temps allait durer mon congé. Et pourquoi je l'avais pris si subitement. J'étais trop fatiguée pour répondre. Elle brandit une robe noire satinée et demanda : Qu'est-ce que t'en penses ? C'est mon genre ? Essaie-la, dis-je. Comment savoir sur un cintre ? Je la suivis dans la cabine d'essayage commune. Ce congé, c'est à cause de la semaine dernière ? Sache que je t'ai pardonné ton abandon, dit-elle. Même si je désapprouve, évidemment. Dans cette conjoncture, je ne dirai qu'une seule chose : je ne comprends pas ce qui t'a pris.

Conjoncture ? dis-je. Conjoncture ? C'est quoi, ce mot snobinard ? Je n'aurais jamais cru l'entendre sortir de tes lèvres vermeilles. Peu importe, répondit-elle en posant devant le miroir. Ne va pas croire que j'ignore ce que tu es en train de faire avec cette histoire de conjoncture. Ça ne marchera pas. Son reflet me jeta un regard mauvais. Ne change pas de sujet, dit-elle en se tournant vers moi. Comme je ne disais rien, elle soupira et plissa les paupières, et elle me parla de la soirée à laquelle Tom et elle étaient invités. Organisée par le siège social de la boîte de Tom. L'occasion pour lui de rencontrer son patron ; il fallait vraiment qu'elle fasse bonne impression. Elle introduisit la main dans son décolleté pour arranger ses seins. Remonte-moi ces petits trésors, dis-je. Son reflet me regarda. Tu m'as écoutée ? demanda-t-elle. J'ai l'impression de t'ennuyer.

Je me laissai glisser le long du mur pour m'asseoir sur le sol de la cabine. Visiblement, les chaises étaient devenues obsolètes. Alison ajustait la robe sur ses hanches. J'espère que tu auras remarqué que je fais preuve d'une retenue surhumaine pour ne pas exiger un récit détaillé de ta soirée improvisée avec M. Blond, dit-elle. Et Tom, comment sera-t-il habillé ? demandai-je. Il aura les nichons à l'air, lui aussi ? Regard noir d'Alison. Je voyais qu'elle comptait jusqu'à dix. Désolée, dis-je. En fait, j'ai largué M. Blond peu de temps après ton départ. Je sentais venir les ennuis. Oh, comme je suis soulagée, dit-elle. Tu ne le reverras plus, alors ? Je repensai à la façon dont il avait tapé sur le toit du taxi avant de s'en aller. Pas question, dis-je. Je ne suis pas en manque à ce point. Son reflet m'adressa un regard chaleureux.

Elle tournoya dans sa robe noire. Je ne suis pas convaincue par cette coupe en biais, dit-elle. Tu en penses quoi, des coupes en biais ? Ma chérie, répondis-je, de nos jours, si ce n'est pas coupé en biais, je passe à autre chose. Même mon soutien-gorge a une coupe en biais. Et l'entrejambe de ta culotte ? demanda-t-elle. Double coupe en biais avec renforts en biais derrière et sur les côtés. Tu es vraiment bizarre en ce moment, dit-elle. Elle observa ses fesses dans le miroir en plissant les paupières, puis reporta sur moi son regard interrogateur. Avant que tu me poses la question, dis-je, ton cul est totalement microscopique. D'ailleurs, où est-il ? J'ai le sentiment que tu n'aimes pas cet ensemble, dit-elle, mais figure-toi que je trouve qu'on a l'air sexy, et, dans cette conjoncture, on va l'acheter. Au diable l'avarice, dis-je, il ne faut jamais hésiter.

Je fais se matérialiser des gens

Soudain, j'eus véritablement envie de voir mes parents. Chez eux, rien n'avait changé. Je m'assis pour boire une tasse de thé avec ma mère. Je lui demandai comment elle allait. Dans l'entrée, la pendule faisait entendre son tic-tac familier, on percevait encore sa respiration sifflante. Je ne peux pas me plaindre, répondit ma mère. Mais tu aimerais bien pouvoir le faire, ajouta mon père dans le couloir. Du nouveau sur le front des petits amis ? demanda-t-elle, sans me regarder. Peut-être, dis-je. Elle fut immédiatement fascinée. J'espère juste que c'est un garçon bien, dit-elle. Tu fais tellement confiance aux gens. Elle me tapota le genou. C'est un bon défaut, évidemment, ajouta-t-elle. La voix douce de mon père nous parvint de la cuisine cette fois. Un bon défaut, ça n'existe pas, tu le sais bien. Les défauts, c'est mal. Par définition. Ma mère me sourit. Oh, tu as compris ce que je voulais dire, hein, ma chérie ?

Elle voulait en savoir plus sur mon petit ami. Je lui dis qu'il avait cinq ans de plus que moi. Il était brun, avec des cheveux raides. Et il a des sourcils incroyablement bien taillés. Ma mère réfléchit un instant. C'est bien, ça, dit-elle, l'aspect soigné, je veux dire. Il y a tellement de jeunes hommes qui négligent la présentation. Il n'est pas homo, hein ? Je ne sais pas trop, répondis-je. Seul le temps le dira. Je précisai qu'il était écrivain. Je ne savais pas que j'allais dire ça, mais, en prononçant ces paroles, je trouvai que ça sonnait bien. En fait, c'est très triste, ajoutai-je. Il a un jeune frère auquel il est très attaché, mais le pauvre garçon est infirme.

Je commençais à voir nettement mon petit ami. Il avait de jolies mains. Il était littéralement fou de moi. J'ai rendez-vous avec lui ce soir, dis-je. Je me réjouis pour toi, dit ma mère. Ce n'est pas trop tôt. Sans vouloir t'offenser, ma chérie. Tu sais bien que je t'aime. Miraculeusement, alors que je regardais mon petit ami, ses cheveux virèrent au blond et se mirent à boucler.

J'annonçai que je restais déjeuner. Dans la cuisine, ma mère me prit par le menton et me dévisagea. Tu n'as pas l'air en forme, commenta-t-elle. Tu manges suffisamment ? Est-ce que tu fais de vrais repas ? Je lui répondis que j'étais un peu patraque. C'est pour ça que tu es en congé ? Bon sang, maman, tu paies quelqu'un pour m'espionner ? Je suis adulte, tu sais. Elle ignora ma remarque et enchaîna en disant combien elle était heureuse que j'aie une amie comme l'adorable Alison. Une fille très raisonnable, dit-elle en me tournant le dos pour que je puisse attacher son tablier. En tout cas, ajouta-t-elle, tu es une sacrée veinarde, tu sais. Et Alison aussi, dis-je. D'avoir quelqu'un d'aussi adorable que moi. Elle m'enlaça brièvement. Évidemment, ma chérie. Cela va sans dire. Bon, il faut que je m'y mette. Le repas ne va pas se faire tout seul.

Mon père m'entraîna dans le jardin. Il voulait me montrer le fenouil. Je l'adore, dis-je. Les feuilles fragiles entrelacées formaient une succession étincelante de filets lâches. Chaque filet renfermait une sorte de grosse chenille velue. On se pencha tous les deux pour les observer. En réalité, il s'agissait des bourgeons dans leurs enveloppes, presque prêts à s'agiter pour naître. On s'assit sur un banc, et je promenai mes doigts dans la plante qui se balançait. Je dis à mon père que ça ressemblait à des cheveux humides et visqueux. Presque des cheveux de sirène. Il toucha. Tu as raison, dit-il. Je pouvais toujours dire ce genre de chose à mon père, quand on était tous les deux. Je posai ma tête sur son épaule et tins sa main rugueuse de jardinier. J'allais rajouter autre chose quand maman réclama son aide en criant. Faut que j'y aille. Le devoir m'appelle. Il m'adressa un salut militaire et me laissa.

Le fenouil sentait l'anis. L'odeur me rappelait une pommade que grand-mère mettait sur mes coupures et sur mes bleus. Assise seule à l'ombre, à côté de la fougère qui se balançait, j'observai un nuage de minuscules papillons noirs qui venaient de découvrir les fleurs écarlates des haricots d'Espagne. Quelqu'un passait une tondeuse d'autrefois ; le bruit ressemblait au mécanisme d'une pendule géante qui égrainait les centaines de secondes. Une mousse sèche et chaude recouvrait les accoudoirs du banc comme du tissu. Je plongeai dans un état de transe et regardai flamboyer le parterre de dahlias ; leurs têtes épineuses rayonnaient d'un soleil rouge. Au-delà, je voyais onduler les voiles lilas d'une autre plante. Une araignée courut sur le dessus de ma main.

Dans la maison, ma mère faisait tinter les couverts. Le gigot d'agneau sentait délicieusement bon. Je me levai au moment même où elle me criait d'apporter un bouquet de menthe. Alors que je choisissais les brins éclatants et duveteux, je m'aperçus que je versais dessus des larmes de joie. Le parfum de la menthe m'enveloppa et purifia tout. Je fis le tour du jardin en caressant des choses : les tuteurs des pois de senteur, les feuilles de rhubarbe rêches et juteuses, le bois chaud de la cabane de mon père. Je m'aperçus que je pouvais aller d'une chose à l'autre sans le moindre effort, presque en pensant simplement à l'endroit où j'avais envie d'aller. J'aurais voulu ne jamais repartir.

Après le déjeuner, je m'attardai. Assis dans le jardin, on laissa l'après-midi pénétrer en nous. On était tous silencieux. À un moment, j'entendis le ruban de musique du marchand de glaces se dérouler dans les rues, mais il paraissait très lointain. Mon père me demanda si je voulais rester dormir. Je pensai à ma petite chambre, qui n'avait pas changé, et je dis oui. Et ton rendez-vous ? demanda ma mère. Je répondis que j'allais l'annuler. Il ne m'en voudra pas, ajoutai-je. Ne le laisse pas filer, dit ma mère. Il a l'air très compréhensif.

Mon père m'apporta des coussins. Allongée sur le banc dans une demi-pénombre, je m'endormis en regardant de grosses taches de soleil aller et venir sur mon corps. Je ne fis aucun rêve. Quand je me réveillai, on but des gin tonics. Mon bruit préféré, dit ma mère en faisant tinter ses glaçons dans son verre. De temps en temps, mon père se levait pour aller arracher une mauvaise herbe microscopique. Une légère odeur d'oignons nouveaux s'échappait d'un petit parterre bien net qu'il avait planté à côté de ses roses. Il faut arracher ces petites saloperies, dit-il.

Je fais un mauvais usage du pain

En rentrant chez moi, je me sentis dans la peau d'un visiteur, ou d'un possible acheteur. J'errai dans les pièces de ma maison sans percevoir son potentiel. Le temps se mit à faire des siennes. C'est comme si vous veniez d'une autre dimension où chaque minute dure une heure et demie, disons, et où une heure dure toute une journée. Vous essayez de fonctionner dans votre nouveau corps, avec votre nouvelle montre à votre étrange poignet rose, mais vous ne trompez personne. Quand cela se produit, la méthode la plus sûre, c'est de vous asseoir à un endroit et d'attendre qu'il se passe quelque chose.

Au bout d'un moment, j'entendis le téléphone sonner. Alison voulait venir me voir. On s'installa dans la cuisine. Elle ouvrit le réfrigérateur et émit un petit bruit désapprobateur. Au moins, tu as du lait, commenta-t-elle. Elle me dit qu'elle ne pouvait pas rester longtemps. Elle voulait juste me voir, reprendre contact, etc. J'adore le contact, ma chérie, répondis-je, et on ricana. Je lui annonçai que je retournerais au travail lundi, ce qui me surprit moi-même. J'ignorais que j'allais dire ça.

Alison m'expliqua que ses gosses étaient au karaté ; il fallait qu'elle aille les chercher bientôt. Ils ne sont pas un peu trop jeunes pour les arts martiaux ? demandai-je. Je savais qu'ils n'avaient que quatre et six ans. Elle avait également un bébé d'environ un an. Elle adopta une position qui ressemblait à du karaté et dit : Ah ! On n'est jamais trop jeune, ma chère amie sceptique et sans défense. Pas le bébé, quand même ? demandai-je. Bien sûr que non. Regarde. Elle dressa les pouces et les remua dans tous les sens. Je pourrais neutraliser un agresseur rien qu'avec ça, dit-elle très sérieusement. Vraiment ? fis-je. Non, dit-elle, mais ce serait un talent inestimable pour foncer vers la seule caisse où il n'y a pas la queue.

Elle voulait savoir si je pouvais garder les deux plus âgés le samedi matin, quelques heures. Elle devait emmener sa mère à la clinique des yeux et ne pouvait pas s'occuper des enfants par-dessus le marché. Un samedi ? m'étonnai-je. Consultation privée, dit-elle. Cataracte. Tu connais ma mère. L'argent n'est pas un problème. Sauf quand j'essaye de lui soutirer dix livres. Tu es sûre ? demandai-je. J'aime bien tes enfants, mais tu crois que je pourrai les garder ? Elle me dit de ne pas m'angoisser, ils ressemblaient de plus en plus à des êtres humains. Tout irait bien.

Le hic, c'est que je dois aller chez le dentiste pour un plombage, dis-je. Ça ne risque pas de les effrayer ? Elle me répondit qu'ils adoraient le dentiste. Ça ne les gênerait pas du tout. Surtout s'ils pouvaient regarder ; ils aimaient beaucoup voir les gens se faire soigner les dents. Je n'étais pas certaine que ce soit très sain. Si c'est vrai, dis-je, ce sont des monstres pas très grands mais parfaitement formés. Tu n'es pas loin du compte, petite maligne. De toute façon, elle ne pouvait demander à personne d'autre. Tom arbitrait un match ou un truc dans ce genre. Prie pour moi, dit-elle. Je dois emmener le bébé. Toi et moi, on n'a pas encore eu notre discussion approfondie au sujet de ce que tu sais. Je lui répondis que ce n'était pas nécessaire, en fait. Il n'y avait aucun problème. C'est à moi d'en juger, petite.

Le samedi, je passai chercher les enfants. Assis à l'arrière de la voiture avec leurs petits sacs à dos remplis de trucs de gosses, ils débordaient d'énergie vitale, comme des suricates. Leurs cheveux brillants semblaient se balancer de leur propre chef. Je ne décelais aucun clignement de paupières. Avant de démarrer, je leur demandai s'ils se souvenaient de moi. Non, dirent-ils avec conviction. C'est sans doute mieux comme ça, dis-je. Aux dernières nouvelles, vous vous appeliez Harriet et Patrick. C'est moi le plus vieux, dit Patrick en se penchant vers mon siège. Elle n'a que quatre ans. Eh bien moi, dis-je, je suis plus vieille que vous ne pouvez l'imaginer dans vos rêves les plus fous.

Il semblait y avoir beaucoup d'agitation dans la voiture. Je leur dis de se tenir tranquilles. On bougeait même pas, dit Patrick, hein, Harriet ? Bon, peu importe, dis-je, et je leur demandai ce qu'ils voulaient faire. Regarder la télé, répondirent-ils en chœur. N'est-ce pas la réponse de l'enfant lambda ? Allons-y pour la télé, dis-je gaiement. La télé, c'est ce qu'on préfère, dirent-ils en échangeant des hochements de tête et en me regardant intensément. Plus que le karaté ? demandai-je. Le karaté, c'est cool, dit Patrick, mais la télé encore plus, hein, Harriet ? Harriet sourit autour de son pouce et acquiesça doucement, comme si elle gardait des forces pour plus tard. Je leur expliquai que j'avais des choses à faire avant. Comme aller chez le dentiste. Cool ! s'exclama Patrick. C'est génial, le dentiste, on adore le dentiste. On pourra regarder ?

Sur place, je leur achetai des bandes dessinées et des bonbons au kiosque d'à côté. Mon estomac se comportait comme chaque fois que j'entrais dans la salle d'attente. Quand j'étais petite, mon père devait s'absenter de son travail pour m'accompagner ; ma mère avait renoncé. Je me souviens de m'être accrochée à la porte du cabinet en hurlant sans aucune retenue. Tous les adultes étaient devenus des êtres cruels. Ma mère et mon père, la secrétaire souriante, le dentiste qui avait l'air si gentil..., ils m'avaient tous trahie. Ils étaient prêts à m'abandonner à mon sort. J'éprouvais un sentiment de solitude absolue.

J'expliquai à l'infirmière que les enfants voulaient regarder. Elle les toisa d'un air sévère. Vraiment ? leur demanda-t-elle. Je pense que ça ne posera pas de problème. Elle les conduisit vers une chaise unique et leur demanda d'être sages. Ils s'assirent face à l'énorme fauteuil noir dans lequel je devais prendre place. Je repensai à ce que m'avait dit Alison en me confiant les enfants : je devais créer uniquement des vibrations dentaires positives. Le dentiste s'approcha de moi en cachant la seringue dans son dos. Je la vois ! s'exclama Harriet. Mon cœur s'effondra comme un corps qui tombe du dernier étage d'une tour. Les enfants se penchèrent vers l'avant au moment où l'aiguille s'enfonçait dans la partie la plus tendre et la plus intime de ma bouche. Le dentiste se retourna ensuite pour bavarder avec eux. Je laissai le fauteuil supporter le poids de mon corps mou.

Quand la roulette se mit à crisser, Harriet descendit de la chaise pour s'approcher. Je leur fis signe que tout allait bien. Ma main tremblait. De retour dans la voiture, ils sucèrent avec une intense concentration les bonbons que je leur avais achetés, en jouant avec les autocollants qu'ils avaient pris chez le dentiste. Vous devriez me les donner, dis-je par-dessus mon épaule. C'est moi qui ai été drôlement courageuse. Je parlais sérieusement. On se rendit en ville. Ils voulaient savoir quand ils pourraient regarder la télé. Bientôt, croyez-moi. Ils commencèrent à se chamailler. Elle m'a pincé, il m'a tiré les cheveux. Ce genre de choses. Ma mâchoire vibrait et commençait à me faire souffrir. J'avais l'impression que mes genoux fondaient. On entra dans une boulangerie.

Je comptai quatre personnes devant moi. Chacune achetait une grande quantité de pain. Je me demandai ce qu'ils pouvaient bien en faire. J'avais la tête qui tournait, comme si le sommet de mon crâne était exposé à l'air libre. Je pris une baguette dans un panier d'osier. La boutique était étrangement silencieuse, à l'exception des bruits des enfants qui se donnaient des claques et se bagarraient. Ils me percutèrent plusieurs fois, brutalement. C'était bizarre, mais j'avais la sensation qu'ils déplaçaient ma dent nouvellement plombée, qu'ils tapaient dedans, même. Soudain, je pivotai et leur flanquai un coup de baguette sur la tête, à tous les deux. Dans la boutique, tout le monde se retourna pour me regarder. Je restai là avec ma baguette cassée. La femme derrière le comptoir la montra d'un mouvement de tête. J'espère que vous avez l'intention de la payer, dit-elle. Je dus attendre mon tour. Les autres ne disaient rien. Une fois dehors, Patrick prit Harriet par la taille et déclara, à voix haute et calmement : On te déteste. Quand on rentrera à la maison, je dirai à maman que tu nous as frappés avec du pain.

Je fais toujours ce qu'il faut

J'avais mis son adresse dans un tiroir de la cuisine. Celui où je rangeais les couteaux aiguisés. Je l'avais ouvert plusieurs fois, pour prendre des couteaux. Elle était là, chaque fois. Alors, je m'assis dans la cuisine et laissai la vapeur du café caresser mon visage. Ma dent bourdonnait discrètement. Je pris des antalgiques, mais la douleur ne me gênait pas. En repensant au dentiste, je ressentis un petit spasme de plaisir : j'avais surmonté cette épreuve. Dès que je repensai au plombage, je me souvins des enfants et de la boulangerie. Je me demandai pourquoi Alison ne m'avait pas appelée.

Il pleuvait depuis l'aube avec une intensité surprenante. La fenêtre de la cuisine était ouverte, et le souffle pluvieux du jardin s'engouffrait dans la pièce, en rythme. Le store se débattait avec le vent, mais je n'avais pas le courage d'aller le tirer d'affaire. J'entendis le hurlement plaintif d'une voiture de police. Puis d'autres. Elles fonçaient toutes vers l'autoroute. J'imaginai l'accident qui les faisait se déplacer. J'imaginai la scène. Je vis la voiture, écrabouillée comme dans un accident de dessin animé. Des petits pétales de feu s'échappaient du capot déformé. Je regardai les flaques de sang couler sous la portière du conducteur.

Je me souvins de la fois où, en passant devant un accident de la route, j'avais vu le conducteur mort. Son bras, dans une chemisette, dépassait de sous une couverture de fortune. J'avais laissé éclater des sanglots passionnés en roulant au ralenti, en songeant que cet homme devait se rendre à son travail, comme tous les jours. Son épouse et ses enfants ne savaient pas encore qu'il était mort. Mais moi, une étrangère, je savais. Ça m'avait paru anormal d'être informée avant eux. J'avais pleuré toute la journée au bureau, j'étais rentrée chez moi plus tôt et j'étais restée allongée sur mon lit, dans le noir, en pensant à cet homme mort. Il portait une montre sérieuse à son bras étendu et musclé. Ses doigts étaient recroquevillés, délicatement, comme s'il tenait quelque chose de fragile, qu'il ne voulait pas briser. Je ne cessais de repenser à ces doigts qui s'étaient recroquevillés pour la dernière fois. Cette chose qu'il avait voulu protéger n'avait plus aucune importance désormais. Ce n'était sans doute rien, juste un peu d'air frais. Il n'en avait plus besoin.

Mon café était froid, je devais être assise là depuis un moment ; ces temps-ci, je pouvais presque mesurer le temps en tasses de café froid.

C'était un talent inédit, mais très pratique. Je jetai le café et en fis un autre. J'ouvris le tiroir des couteaux pour prendre le petit bout de papier plié. Je le lissai sur la table et le posai à côté de ma tasse. Il vivait dans un quartier que je ne connaissais pas. Mais que je situais vaguement. Je ne voulais plus de café, alors je le laissai sur la table et glissai le papier dans mon sac.

Après avoir pris une douche, je m'habillai. Je sortis acheter des fleurs, des bougies, du vin rouge et du fromage. Les fleurs étaient des tulipes aux tiges grinçantes, couleur feu, avec des bords verts dentelés. En rentrant, je fis le ménage et arrangeai les tulipes dans un vase rose pâle. Je mis le fromage sur une assiette et ouvris la bouteille de vin. Je posai les fleurs et tout le reste sur la table basse. J'enfilai ma chemise de nuit. La nuit tombait, il pleuvait toujours. J'allumai les bougies dans le salon.

Je mis le film dans le lecteur de DVD et le regardai de nouveau. Cette fois, je détestai la jolie femme. Elle était si fausse. Je ne savais pas comment j'avais pu me laisser avoir à ce point. L'écrivain était mignon, néanmoins. Bon sang, ce qu'elle le faisait souffrir. Il mettait si longtemps à comprendre combien elle était malfaisante. Durant tout le film, il remuait à peine les sourcils, mais je savais quand il était contrarié. Je bus le vin et mangeai le fromage en regardant le film. C'était comme un rituel. Quand on le conduisait en prison, injustement accusé de l'avoir tuée, je levai mon verre à sa santé. Bonne chance, mon chéri, dis-je. Je devais m'être endormie sur le canapé, car, quand je me réveillai, les bougies s'étaient consumées dans la pièce froide. Une odeur de fumée s'échappait des mèches. Il était une heure du matin. J'enfilai quelques vêtements, pris mon sac et me rendis à son adresse.

Je trouvai la maison sans peine. C'en était presque effrayant. On aurait dit que je savais exactement où elle se trouvait. Je me garai en face et coupai le moteur. J'étais encore ivre, mais je me sentais maîtresse de moi. Dans la rue, quelques fenêtres étaient allumées. Chez lui, il y avait de la lumière en bas. Je restai assise à regarder le rectangle jaune qu'elle projetait. Puis je descendis de voiture et traversai la rue, je franchis le portail brisé et gravis l'allée. Le jardin de devant disparaissait sous les mauvaises herbes. La porte d'entrée était éraflée. La petite imposte au-dessus était cassée. Je frappai. Un chien aboya à l'intérieur, et quelqu'un cria. Je me sentais calme.

L'attente fut longue, mais je ne frappai pas de nouveau. Une femme pâle à la poitrine creuse apparut. Je demandai après lui en l'appelant par son nom. Elle me répondit qu'elle n'avait jamais entendu parler de lui. Je sortis mon carnet de mon sac et déchirai une page. Elle resta plantée là, une cigarette à la main. Je la laissais totalement indifférente. Pourriez-vous lui remettre ceci ? demandai-je. C'est important. Je lui tendis le mot que j'avais rédigé. Le chien avança vers moi et me lécha la jambe. Elle prit la feuille sans la regarder, et répondit qu'elle ne pouvait rien me promettre. Tandis que je regagnais ma voiture, elle s'appuya contre l'encadrement de la porte pour me regarder. Je l'entendis tousser. Quand je démarrai, elle était encore là, avec son chien. Je me mis à trembler. Une fois hors de vue, j'arrêtai ma voiture et ouvris la portière, juste à temps pour vomir sur la chaussée. Puis je rentrai chez moi.

Je garde le contact

Alison et moi, on déjeuna dans un café près du bureau. Pourquoi est-ce que je ne peux pas avoir un bon vieux sandwich anglais ? demanda-t-elle. Pourquoi est-ce que c'est toujours des *ciabattas*, des *wraps* et ainsi de suite ? C'est qui, ce Panini, d'abord ? On dirait un compositeur. C'est la faute à tous ces voyages à l'étranger. Tout le monde devrait être obligé d'aller à Skegness et à Bognor. Comme ça, on mangerait tous des sandwiches au jambon mous et on boirait du thé dans des baquets. Je n'ai rien contre un *wrap* de temps en temps, dis-je. Et tous les journaux le disent : les pauvres qui échouent à Skegness ont besoin d'autre chose qu'un *wrap* pour survivre. Il leur faut des tenues de commando. Alison regarda autour d'elle. Cet endroit ne m'inspire pas confiance, dit-elle. Il n'y a pas beaucoup de monde pour l'heure du déjeuner.

J'étais contente qu'Alison se lance dans un laïus alimentaire. Cela retardait l'évocation de l'incident avec la baguette de pain, c'est pourquoi je ne ménageais pas mes efforts pour entretenir la conversation. De toute façon, dis-je, de mémoire d'homme, personne n'est jamais allé à Bognor. C'est pas devenu une île tropicale où tout le monde s'envoie en l'air ? Ils ne l'ont pas remorquée jusqu'aux Maldives ? Il me semble avoir lu ça dans *Hello!* Alison étudiait le menu. Quand la serveuse vint prendre notre commande, je la reconnus : c'était une fille que j'avais connue au lycée, vaguement. Salut, dit-elle. Ça fait un bail. Oui, on peut dire ça, répondis-je. Des siècles et des siècles. C'est vrai, dit-elle en tenant son carnet et son crayon levés. Je crois que je vais prendre une tortilla machin-chose et un thé, dit Alison. Je demandai à la serveuse s'ils avaient des sandwiches au jambon. Oui, dit-elle. Tu peux m'en faire un mou ? Ah, tu as toujours été une rigolote, dit-elle. Quand notre commande arriva, Alison regarda longuement mon assiette. Je lui dis qu'on pouvait échanger si elle me pardonnait d'avoir frappé ses enfants avec du pain.

Écoute-moi, ma jolie et jeune amie, dit-elle. Je ne t'en veux pas. Un jour, je leur ai filé un coup dans les jambes avec un œuf de Pâques. Ils sont capables de te pousser à bout, je le sais. Je lui expliquai que j'étais un peu sur les nerfs ce jour-là, à cause de mon plombage. Non, c'est ma faute, dit-elle. Je sais que tu détestes le dentiste. Mais sinon, est-ce que ça va, de manière générale ? Je lui répondis que tout allait très bien. J'avais juste besoin d'un peu de temps libre. Je lui dis que c'était adorable de sa part de se montrer aussi compréhensive. Bah, ce n'est pas comme si tu leur avais tapé sur le crâne à coups de marteau, hein ? dit-elle. Mais voici le sujet de réflexion du jour : on n'est pas un peu folles toutes les deux pour corriger des enfants avec de la nourriture ? Quand même, je m'excuse, dis-je. C'était affreux. J'accepte tes excuses, dit Alison, et elle mangea mon sandwich.

En rentrant du travail, je passai devant chez lui en voiture. Des enfants traînaient dans le jardin minable. Le chien qui m'avait léché la jambe sautillait. Un des gamins tenait un fanion qu'il agitait avec enthousiasme à quelques centimètres de la tête des autres. C'est tout ce que je vis en suivant la route. De retour chez moi, je regardai le bout de papier sur lequel figurait son adresse. Il y avait également un numéro de téléphone. Je ne l'avais pas remarqué, toutes les fois où je l'avais regardé. Bizarre. Je m'assis dans le canapé avec le téléphone et le papier. Je savais que j'appellerais ce numéro tôt ou tard. Je n'étais presque pas pressée. Plus je restais assise, plus les battements de mon cœur ralentissaient. J'entendais les palpitations s'estomper dans mes oreilles. Je commençais à avoir le sentiment que cet instant de solitude, sur le canapé, était précieux. J'avais la certitude qu'il serait bientôt avec moi. Il avait dû lire mon mot maintenant. Quoi de plus normal que faire suivre une lettre d'un coup de fil amical ?

Je reçois à la maison

Je cherchais la clé dans mon sac quand il surgit derrière moi. Sous la petite véranda, il paraissait colossal. Je l'invitai à entrer. J'ai eu tous tes petits messages, dit-il d'un ton amusé. Alors me voilà. Qu'est-ce que tu veux ? Sa voix était étonnamment douce, proche de la confidence même. Il avait une façon de se tourner sur le côté quand il parlait, comme s'il allait décamper d'une seconde à l'autre. Cela me donnait envie de m'accrocher à lui, mais je ne le fis pas. J'aimais la manière dont il occupait le vestibule.

Café ? proposai-je en passant devant lui et en essayant de conserver une voix normale. Il préférait quelque chose de plus fort. Je n'avais que du Martini et du gin. C'est pas grave, dit-il. Qu'est-ce que tu as à manger ? Il arpenta le rez-de-chaussée. Pour un homme de sa corpulence, il se déplaçait en silence. Je jetai un coup d'œil dans le réfrigérateur. Du cottage cheese ! criai-je. De la salade, des œufs. Je peux sortir acheter quelque chose. OK, dit-il. Où est la télécommande ?

Je le laissai étendu dans le canapé devant la télé et me rendis au supermarché en voiture. Je m'efforçai de conduire prudemment. Les clients déambulaient entre les rayons au ralenti. J'avais envie de les frapper avec mon panier. J'achetai du chocolat pour moi, du Jack Daniel's, des tranches de bacon, du pain frais et des saucisses pimentées. Je devinais qu'il n'était pas végétarien. J'engloutis la moitié de la tablette de chocolat sur le trajet du retour. J'étais persuadée qu'il serait reparti quand j'arriverais, mais il était toujours là, affalé dans le canapé. Une certaine Alison a appelé, dit-il sans quitter la télé des yeux. Je lui ai raconté que tu avais quitté le pays.

Après avoir mangé, il dit : Approche, baby, et il tendit les bras. Il m'embrassa partout sur le visage : de succulents baisers au bacon. Il me dit de monter avec le chocolat. Il me déposa sur mon lit et ferma les rideaux. Ma chambre me paraissait étrange. Il me déshabilla de manière experte. À toi maintenant, dit-il. Je lui ôtai ses chaussettes. Ses pieds étaient magnifiques. Les ongles carrés et lisses. Je me débattis avec son jean. Il souleva les hanches pour que je puisse le retirer. Son érection jaillit vers moi. Laisse tomber la chemise, dit-il. Je veux que tu t'assoies dessus. Je me mis à califourchon et descendis lentement. Il enfonça un carré de chocolat dans ma bouche. Il fondit immédiatement. J'avais l'impression de le sentir tout près de mon cœur. Il y avait là une douleur enfouie. Baby, dit-il, tu es adorable. Je ne sais pas comment faire, dis-je. Je crus que j'allais pleurer.

Il me souleva. Pendant que j'étais allongée sur le ventre, il me caressa le dos et les fesses. Je ne peux plus attendre, dit-il. Il me retourna et glissa un oreiller sous mes reins. Je m'accrochai à lui de toutes mes forces, avec mes bras, et croisai les jambes dans son dos. J'enfouis mon nez dans ses cheveux fins et bouclés. Ma langue avait un goût sucré et crémeux. Plus tard, quand je me réveillai, il était parti. Il y avait un mot sur la table de la cuisine. « Faut que je file. Je reviendrai sûrement. »

Je ne suis pas toujours disponible

Pas facile de se concentrer au bureau. J'avais sans cesse envie de me regarder dans le miroir. Mon patron me demanda si j'allais bien. Je lui répondis que je ne m'étais jamais sentie aussi bien, ce qui était vrai en un sens. Je ressentais une sorte de fièvre et j'étais incapable de tenir en place. Recevoir les demandeurs représentait un défi. Je n'arrêtais pas de repenser à la première fois que je l'avais vu, affalé sur une chaise rivée au sol dans la salle d'attente. Aux toilettes, je me dévisageai. Les néons donnaient à ma peau un aspect translucide. Mes lèvres me semblaient trop sombres pour être les miennes. J'avais des cernes gris pâle sous les yeux. Je ressemblais à une femme qui a des secrets.

Alison me rejoignit. Salut, fille silencieuse et un peu givrée, me dit-elle avec un sourire. Attends-moi pendant que je fais pipi. J'étais contente de pouvoir continuer à m'examiner dans la glace. Je t'ai téléphoné, dit-elle de l'intérieur du W.-C. C'est un type qui m'a répondu. Je croisai les yeux de mon reflet. C'était qui ? demanda-t-elle en sortant pour se laver les mains. Personne d'important, dis-je. On se coiffa. Elle paraissait dorée et rose dans le miroir. J'étais fascinée par le contraste entre nous.

OK, joue les cachottières, dit-elle, mais j'ai un sale pressentiment. J'espère sincèrement me tromper. Elle m'observa. La vache ! Tu as une sale tête. Tu te sens bien ? Elle posa sa main chaude sur la mienne. Je l'étreignis brièvement. Pendant un court instant, j'eus honte de moi. Tu veux venir dîner avec nous ce soir ? proposa-t-elle. J'inventai une excuse. Oh, bon, très bien, dit-elle. Demain, alors ? J'éprouve le besoin irrésistible de te materner tout à coup. Elle parut perplexe quand je lui répondis que j'étais prise toute la semaine. Prends bien soin de toi, hein ? dit-elle, et elle me serra dans ses bras. Je t'aime, dis-je en refermant la porte et je la plantai là.

Je quittai le bureau plus tôt pour aller faire des courses. J'entrai dans une boutique dont je m'étais contentée de regarder la vitrine jusqu'à présent. À l'intérieur, tout était blanc et chromé. Une vendeuse magnifique, avec des cheveux noirs raides, vint vers moi d'un pas léger. Elle me demanda si j'avais besoin d'aide. Je ne compris pas immédiatement ce qu'elle voulait dire. Cherchez-vous quelque chose en particulier ? ajouta-t-elle avec un sourire doux. Je lui répondis que je voulais une robe superbe, à tomber. Quelque chose de sexy et léger, si possible. Aucun problème, répondit-elle, et elle me conduisit vers un portant de tenues vaporeuses à bretelles. Elles se balançaient dans une brise odorante. Dans la cabine d'essayage brûlait une bougie parfumée. Les effluves de freesia m'enveloppèrent. Mes sous-vêtements épais semblaient sortis d'un paquetage militaire.

Le robe abricot et turquoise chatoya par-dessus ma tête et se posa sur mon corps, si fraîche et légère qu'on aurait dit une peau de bébé. Mes seins étaient maintenus dans le corsage tels deux fruits mûrs gonflés. Mes épaules luisaient d'un éclat inhabituel. J'étais éblouie par la robe. La fille aux cheveux noirs apparut, et ensemble on contempla mon reflet. C'est tout à fait votre style, dit-elle au moi qui était dans le miroir. Vous croyez vraiment ? demandai-je. Je savais que c'était tout à fait mon style. Elle me montra les sandales coordonnées. De très fines lanières et des fleurs en cuir. Avec des talons aiguilles. Je n'avais jamais porté ce genre de chaussures. J'avais l'impression de n'avoir jamais vraiment fait attention aux vêtements avant.

Maintenant que j'avais commencé, impossible de m'arrêter. J'achetai un pantalon en lin à taille basse, couleur crème, et un bustier à rayures rouge vif et crème. Une autre paire de chaussures à talons hauts, pointues, et une veste cintrée fermée par une ceinture avec une énorme boucle en écaille. Toutes ces choses ressemblaient à celles que portait en permanence la « femme dans le miroir des toilettes ». Pour elle, c'était banal. Je payai avec ma carte de crédit. La jolie fille enveloppa elle-même mes achats dans du papier de soie. En regagnant ma voiture, je regardai mes vieux godillots. Comment avais-je pu les acheter ? Ils paraissaient si sages, si confortables, si carrés d'une certaine façon.

Quand je rentrai chez moi, il y avait quelqu'un dans le salon. Je me précipitai. Je ne reconnus pas le garçon assis devant la télé. Il avait le crâne rasé et semblait avoir dans les douze ans. Je lui demandai qui il était. Un pote, dit-il sans quitter l'écran des yeux. Et vous ? Il s'amusait à faire rebondir un ballon de football. Je ne savais pas quoi dire. Je lui demandai comment il était entré. Par-derrière, dit-il.

J'allai dans la cuisine pour fermer la porte de derrière. Puis je me préparai une tasse de camomille. Je tremblais, mais je m'en aperçus seulement en essayant de prendre ma tasse. Du liquide jaune paille se répandit sur la table. Je dessinai des motifs avec mon doigt. Au bout d'un moment, le garçon apparut sur le seuil de la cuisine, le ballon sous le bras. À plus tard, dit-il. Je m'en vais. Il avait une petite voix sifflante, comme s'il souffrait de problèmes respiratoires. OK, dis-je. Il laissa la télé allumée et claqua la porte d'entrée.

J'étais paralysée. Peu à peu, le sentiment que m'avait inspiré ma maison quand le garçon était là se dissipa. Je n'avais plus l'impression d'être en visite sous mon propre toit : quelqu'un qui serait venu pour m'interroger, par exemple, ou pour un examen désagréable. C'était redevenu mon chez-moi. Mon refuge accueillant. Mais je m'inquiétais maintenant de la rapidité avec laquelle ma maison pouvait changer : alors qu'une minute plus tôt elle me flanquait quasiment dehors, voilà qu'elle m'attirait entre ses murs, tout aussi rapidement. Je ne pouvais plus lui faire confiance.

Je me levai avec raideur ; mes jambes me faisaient mal. Je fermai tout à clé, baissai les stores et tirai les rideaux, puis allai prendre un bain. Alors que je me détendais dans les bulles chaudes, j'entendis quelqu'un frapper à la porte. Je restai dans l'eau. Il cria mon nom par la fente de la boîte aux lettres. Il dit qu'il savait que j'étais là. Baby ? Sa voix était plus rauque quand il criait. Baby ? J'ai très envie de te voir ! Qu'est-ce qui se passe ? Tu es en pétard après moi ? Il cogna violemment à la porte. Puis il fit le tour de la maison pour essayer par-derrière. Il y eut un moment de silence, il était revenu devant. Il frappa de nouveau, encore et encore. Nom de Dieu, qu'est-ce qui te prend ? beugla-t-il. Laisse-moi entrer, salope !

Sa voix était plus grave que lorsqu'il parlait, et essoufflée. Peut-être que la porte n'allait pas le retenir, pensai-je. J'imaginai ses boucles blondes tressautant sur ses tempes. La façon dont ses longues jambes s'étendaient sur mes draps blancs. L'odeur intime de sa nuque. Il repartit enfin. Je sortis du bain, péniblement. Comme si toutes mes articulations étaient paralysées. Dans ma chambre, j'enfilai ma vieille chemise de nuit, avalai quelques cachets et me glissai sous la couette.

Je fais des rêves titanesques

À mon réveil, je m'aperçus que je n'étais pas allée travailler. Le trajet jusqu'à la cuisine me parut long. Je me préparai des toasts. Mes jambes semblaient faites de nettoie-pipes ; mes os longs et fins étaient couverts de chair sèche et gonflée. J'avais du mal à tenir ma tasse et à rester droite sur ma chaise. Le toast dans l'assiette avait l'aspect d'un carreau de sol. Je savais que c'étaient les médicaments. Il fallait que je me livre à des activités normales, mais je n'arrivais pas à quitter ma chaise dans la cuisine.

Mon rêve me revint en mémoire. Je voyageais à bord d'un gigantesque et luxueux paquebot. Au début, je ne reconnaissais personne. Je me sentais totalement seule. Rien ne se produisit pendant un long moment ; les gens allaient et venaient sur les différents ponts avec de jolis vêtements. Soudain, on apprit que le bateau fonçait sur un iceberg ; il n'y avait rien à faire. Tout le monde se rassembla. Je me souviens d'avoir pensé : C'est juste un rêve avec le *Titanic*, encore un. Pas d'inquiétude, rien n'était réel. Ça finissait toujours bien. Personne n'était jamais blessé.

Mais petit à petit, alors qu'on tournait en rond, discrètement terrifiés, je commençai à reconnaître des gens. Ma mère et mon père étaient là. Alison et Tom aussi. Et même leurs enfants et les deux chiots qu'ils avaient eus pour Noël. Chaque enfant en tenait un. Ma grand-mère était couchée dans son lit sur le pont. Mon patron parlait au téléphone. Je me mis à chercher dans la foule quelqu'un qui comptait beaucoup pour moi, mais je ne le trouvai pas, et impossible de me rappeler quelle tête il avait. Il ne nous restait plus que quelques minutes. La froideur de l'air était éblouissante. L'iceberg, vert émeraude et scintillant sous un puissant rayon de lune, se rapprochait. Je l'entendais craquer et m'aperçus qu'il produisait une sorte de chant métallique et aigu, sans paroles. Son souffle glacé se précipitait vers nous et hérissait nos cils et nos cheveux de cristaux cinglants. Au clair de lune, on avait tous l'air morts.

Je contemplai la magnifique eau noire. Des poissons incroyablement fins, presque transparents, avec des bouches souriantes, virevoltaient. Soudain, j'eus la certitude que, si nous sautions tous ensemble par-dessus bord, il ne nous arriverait rien, tout se passerait bien. Je le dis aux autres. Je fis le tour de la petite foule en répétant : faites-moi confiance, vous devez me faire confiance. Alison tripotait les cheveux de ses enfants. Elle tenait le bébé endormi dans ses bras. Même les chiots étaient muets. Ma grand-mère quitta son lit et serra la main de ma mère dans la sienne.

On s'embrassa tous, et je dis « Je vous aime » à chacun. Mon père me prit par les épaules et me demanda, encore une fois, si j'étais sûre. Oui, dis-je. On grimpa tous sur le garde-fou. Ils sautèrent ensemble, mais j'étais paralysée. Penchée en avant, je les regardai flotter paisiblement sur l'eau qui ondulait. Sans m'adresser de reproches, ils levaient les yeux vers moi, tandis qu'ils coulaient sans se débattre, leurs vêtements gonflant autour d'eux. Je les regardai jusqu'à ce qu'ils disparaissent.

Et soudain, il était là, avec moi. Ses cheveux brillaient au clair de lune. Je songeai que nous pourrions être ensemble maintenant. Ses yeux bleus étaient étrangement vides. À ton tour, chuchota-t-il, et il me souleva. J'essayai de m'accrocher à son cou, mais il possédait une force colossale. Il me tint à bout de bras, au-delà du garde-fou, puis me laissa tomber dans l'océan obscur et étouffant. L'eau était silencieuse quand j'y entrai, mais, très vite, j'entendis la glace chanter à mes oreilles. Je me souviens de l'avoir regardé rapetisser pendant que je sombrais comme une valise. Je voulus tendre les bras vers lui, mais il faisait trop froid, l'eau était trop lourde pour moi.

Assise dans la cuisine, j'essayai de comprendre ce que ça signifiait. Je réfléchissais si intensément que j'avais l'impression que la forme de mon visage se modifiait. Mes yeux s'étiraient et devenaient énormes, ma tête enflait comme une coupole, mais aucune explication de ce rêve ne me vint à l'esprit. Juste au moment où je sentais deux antennes transpercer la peau de mon front, la réponse m'apparut. Il signifiait peut-être que je dépendais trop des autres et que je ne lui faisais pas assez confiance. J'aurais dû lui donner l'occasion de s'expliquer. Je me levai et procédai à un inventaire dans le miroir du couloir. Je m'attendais à voir une fille avec une tête d'insecte géant, mais rien ne manquait à l'appel, et avec les bonnes proportions, même si tout n'était pas parfait. Puis, alors que je lissais mes cheveux en arrière pour les remettre en place, une autre idée me vint au sujet de ce rêve stupide : peut-être n'avait-il aucun sens.

Je prends un grand bol d'air frais

Je ne le vis pas pendant douze jours. Le treizième, il m'appela au travail. Dis que tu es malade. J'ai un plan. Quitte ton boulot tout de suite. Je regardai Alison en train de se limer les ongles en face de moi. Ça risque de prendre un peu de temps, répondis-je. Et alors ? Je t'attendrai près de ta voiture jusqu'à onze heures, baby, pas plus. Oh, au fait, tu es excitée ? Alison m'observait, sa lime à ongles s'était figée comme l'archet miniature d'un violon invisible. Elle haussa les sourcils. Oui. Oui, je le suis, dis-je. Avant de partir, enlève ta culotte et mets-la dans ton sac, ordonna-t-il. Je raccrochai très délicatement. Bon sang, je me sens mal, dis-je. J'ai une migraine épouvantable tout à coup. Je ne trompai pas Alison, mais mon patron parut satisfait. Ne fais pas des choses que je ne ferais pas, d'accord ? me dit Alison. Je voyais qu'elle ne plaisantait pas. J'allai aux toilettes pour enlever ma culotte. Puis je courus vers ma voiture.

On roula jusque dans la campagne. Tout était éclatant, ridiculement beau. J'avais envie de l'interroger sur l'étrange garçon que j'avais découvert dans mon salon, mais je ne voulais rien gâcher. Il tripota les boutons de la radio pour trouver un truc qui lui plaisait. Puis il se renversa dans son siège et ferma les yeux. Je ne cessais de lui jeter des regards. Tu aimes ce que tu vois ? demanda-t-il au bout d'un moment. Il ouvrit un œil et m'envoya un baiser avant de reprendre ses aises. Ses mains étaient posées sur ses genoux, couvertes d'un duvet blond. Ce n'était pas le bon moment, me semblait-il, pour parler du garçon ou de sa propre conduite devant ma porte, le même jour. Je décidai de laisser tomber. Je posai ma main sur les siennes. Il se redressa. On est presque arrivés, annonça-t-il.

On déjeuna dans le jardin d'un pub, au bord d'une rivière. Des berces géantes descendaient vers l'eau. Deux cygnes passèrent, en échangeant des coups d'aile. Je songeai qu'ils vivaient certainement ensemble depuis des années. J'avais lu, quelque part, un article sur la fidélité des cygnes. On avait faim tous les deux, et je mangeai en silence. Quand la serveuse eut apporté le café, il commença à palper ses poches. Merde, je crois que j'ai oublié mon portefeuille, dit-il, et il alluma une cigarette. Ne t'inquiète pas, dis-je. Ma petite travailleuse, dit-il en me tapotant la joue.

Deux femmes étaient assises à une autre table sous un parasol. Il se leva. La suite du plan, dit-il, et il me prit par la main. On s'éloigna des deux femmes et on tourna au coin du pub. Là, il y avait des orties et des pissenlits. Il me plaça face au mur. Il m'ordonna de soulever ma jupe. Je le sentis pénétrer en moi. Je me dressai sur la pointe des pieds, le dos cambré. Il glissa les mains sous mon haut et mon soutien-gorge, et tira mes mamelons vers le bas. Je ne pus retenir un petit cri. Il rit doucement dans mes cheveux. Pendant qu'il me prenait, je regardais les cygnes glisser l'un autour de l'autre. Peut-être étaient-ils amoureux, pensai-je. Le crépi du mur m'éraflait la joue. Quand il eut terminé, il me retourna et m'embrassa sur la bouche. Les deux femmes là-bas, dis-je, je ne peux pas passer devant elles, elles ont dû m'entendre. Ça égaiera leurs tristes vies, répondit-il. Et il m'entraîna jusqu'à la voiture, en passant devant les deux femmes. J'avais l'impression d'être une poupée de chiffon. Dans le rétroviseur, je constatai que ma joue saignait. Tu as l'air d'une loque, dit-il. Arrange-toi un peu.

Sur le seuil de chez moi, je me retournai. Je crus qu'il allait entrer. Il resta près du portail. Ne pars pas maintenant, dis-je. Je te préparerai quelque chose à manger. Tu pourras te détendre et regarder la télé. Il tapota sur le portail ; déjà il faisait demi-tour. Non, dit-il. J'ai des trucs à faire. Il contemplait le bout de la rue. Quel genre de trucs ? demandai-je. Il me regarda sans rien dire. Puis il pointa le doigt sur moi. Fais très attention à ça, dit-il. Avant de s'éloigner. À quoi ? lui lançai-je.

Je trouve que la taille compte

Autour d'une tasse de café, Alison me demanda ce qui se passait. Elle s'était inquiétée pour moi. Je ne t'ai pas vue depuis une éternité, dit-elle. Tu ne peux pas rester en congé maladie éternellement. C'est la deuxième fois en moins d'un mois. C'est ce M. Blond, hein ? Tu es vraiment toute pâle. Et ton visage, qu'est-ce qui t'est arrivé ? J'ai trébuché, dis-je. Et j'ai eu une infection urinaire, c'est long à guérir. Ça ne m'étonne pas, dit-elle. D'un mouvement de tête, je montrai le comptoir derrière moi. J'aurais dû prendre un de ces smoothies plutôt qu'un café, dis-je.

Bizarrement, je n'avais pas envie de tout expliquer. On est juste allés boire un verre, il ne s'est rien passé. Si tu veux mon avis, dit-elle, tu n'es plus toi-même. Avant, tu ne me mentais jamais. Tu ne me fais plus confiance ? De plus, c'est très risqué de fréquenter des demandeurs. Je ne fréquente personne, répondis-je. Et je ne t'ai rien demandé. Je contemplais la mousse dans ma tasse. Sans doute qu'Alison comptait de nouveau jusqu'à dix.

Ça lui prit un bon moment. Elle comptait peut-être jusqu'à vingt. Je la regardai. Désolée, dis-je. Je ne sais pas quoi dire. Je me sens complètement déconnectée.

On but nos cafés sans un mot en écoutant la conversation de la table voisine. Une femme parlait avec une autre d'une amie commune. Tu savais qu'elle s'était tout fait enlever ? L'autre, plus jeune, ne semblait pas impressionnée. Bah, ce n'est pas comme si elle en avait vraiment l'usage, répondit-elle avec un petit ricanement. Alison et moi, on se regarda en essayant de ne pas rire. Écoute, dit-elle en redevenant sérieuse, je sais que ça ne me regarde pas, mais je pense que tu devrais faire attention. A-t-il tenté quelque chose ? Je fis semblant de ne pas comprendre. A-t-il essayé de te sauter ? C'est un demandeur, nom d'un chien ! Il sort juste de prison. Tu ne sais rien de lui. Je lui rétorquai qu'il n'y avait rien de mal à être un demandeur. Et puis il a payé sa dette envers la société.

Maintenant, je sais qu'il y a quelque chose entre vous ! dit-elle en abattant sa paume sur la table. Les deux femmes d'à côté nous jetèrent des regards appuyés. Un problème ? leur lança Alison. Elle se pencha vers moi et me prit la main. Je sais que je parle comme ta mère, mais franchement, tu t'es entendue ? Payé sa dette ? Tu es folle ? Écoute, dis-je. Ce n'est rien du tout. Je le connais à peine. Il ne me plaît même pas. Hmmm, fit Alison. Je me levai pour aller chercher un autre café. Maintenant, j'avais envie de continuer à parler de lui.

Alison était en train de se mettre du rouge à lèvres quand je revins à notre table. C'était une nouvelle couleur. Apparemment, elle avait décidé de ne plus évoquer le sujet brûlant. Puisqu'on parle de nos vies privées, je me sens d'humeur très sexe en ce moment. Et Tom aussi. Ça tombe bien. Tu sais combien il est rare que ces choses-là arrivent en même temps dans un vieux couple. Et le fait que les enfants soient là en permanence, ça ne met pas de l'huile dans les rouages, si je puis dire. J'acquiesçai. Prépare-toi à rire : Tom est obsédé par la peur de ne pas être à la hauteur… question taille. Je ne réagis pas. Je repensai au mur du pub, et à d'autres choses. On but nos cafés. Je croyais que tu voulais un smoothie, fit remarquer Alison. Oui, dis-je, mais j'ai oublié. Et les smoothies m'ont paru trop onctueux. J'ai eu envie d'un truc plus brutal soudain, tu vois ce que je veux dire ? Oh que oui, répondit-elle.

On continua à siroter nos cafés. Avant que je trouve un sujet de conversation fascinant, elle se mit à me houspiller. Tom pense que tu devrais prendre tes distances avec cet homme mystérieux. Et attendre quelqu'un de stable. Il dit qu'il vaut mieux prévenir que guérir. Je posai ma tasse. Comment oses-tu parler de ma vie privée avec Tom ? dis-je. Qu'est-ce qu'il connaît à la passion ? Tom avec ses paniers-repas et sa Thermos. Ce putain de Tom avec sa collection de putains de CD de Simply Red classés par couleur. Qu'est-ce qu'il y connaît ? On se leva toutes les deux. Pauvre idiote. Tu couches avec ce type, hein ? dit Alison, bien trop fort. Oui, répondis-je. Et tu sais quoi ? Il a la plus grosse queue que j'aie jamais vue.

Je grignote des en-cas assortis

J'avais vraiment honte de ce que j'avais dit à Alison. Elle était ma seule véritable amie. Malgré tout, c'était difficile de faire le premier pas. Je passai tout le week-end seule. Je ne saurais dire comment je tuai le temps. Des heures à me pomponner. Massages, crèmes et masques. Je peux affirmer sans exagérer que mes pieds avaient un aspect véritablement angélique. J'essayai les sandales que je n'avais pas encore portées. Je me regardai pendant des heures, vêtue de mes derniers achats.

Finalement, je m'aperçus que j'avais l'air tout bonnement stupide. Une fillette qui enfile les affaires de sa maman. Même pas mignonne. Je repliai mes nouveaux vêtements dans le papier de soie, les rangeai dans l'armoire, fermai la porte et les laissai dans le noir avec ma veste fichue. Allongée sur le canapé, je mangeai des Wotsits. Je regardai une quantité épique de programmes trash à la télé : des opérations de chirurgie esthétique ratées, des adolescents de cent vingt kilos, des homos qui relookaient des hétéros, des chiens malades mentaux et leurs propriétaires déséquilibrés, des nutritionnistes fous qui reniflaient le caca de secrétaires obèses. Tout cela était très apaisant. Je laissai un bref message sur le répondeur d'Alison.

J'éteignis la télé et attendis. Je n'avais rien mangé de tout le week-end, à part des biscuits apéritifs au pseudo-goût de fromage. Je n'avais bu que du Lucozade. C'était un fait : seuls des machins orange avaient franchi mes lèvres. Je retournai m'allonger sur le canapé et sombrai dans le sommeil. Je n'entendis pas l'appel d'Alison. Le répondeur clignotait quand je me relevai enfin. Je me jetai dessus. Sa voix n'avait pas changé ; elle m'appela « mon petit œuf de canard ». Il fallait que je vienne chez elle. Tom avait emmené les enfants chez sa mère.

Je pris une douche et enfilai quelques vêtements. En chemin, j'achetai une bouteille de vin rouge et un poulet rôti chez le traiteur du coin. Je les lui tendis sur le pas de la porte. Entre, petite idiote, dit-elle, et elle me serra dans ses bras en même temps que le poulet. Je lui dis que je regrettais mes paroles. Tom avait parfaitement le droit de penser ce qu'il voulait. D'ailleurs, ce qu'il disait était juste. En plus, même si ça ne me regardait pas, j'étais certaine qu'il était généreusement pourvu dans le domaine des bijoux de famille. Au diable Tom ! dit-elle. Je n'aurais pas dû répéter ses paroles comme ça. Comme si c'était le cinquième oracle.

J'ai trouvé ça un peu bizarre, avouai-je, alors que d'habitude tu mets un point d'honneur à ne pas écouter ce qu'il raconte, le pauvre vieux. Exact, dit-elle.

On déboucha la bouteille de vin, et je m'attaquai au poulet. Alison n'en voulait pas. Pendant qu'elle allait chercher quelque chose dans la cuisine, je balayai le salon du regard. La pièce était en désordre, mais douillette et calme. Un blouson patiné traînait sur le dossier d'un fauteuil, les journaux du dimanche formaient un tas sur la table basse. Je m'aperçus soudain que je ne savais presque rien de la vie d'Alison avec ses enfants et Tom. Sentait-elle que j'avais besoin qu'elle reste la fille avec qui j'avais grandi ? Si je voulais aller quelque part, elle était toujours disponible. Comme aujourd'hui, par exemple. Tom avait emmené les enfants, je pouvais donc venir la voir. Je me mis à pleurer. Que se passe-t-il ? demanda-t-elle en réapparaissant sur le seuil avec une serviette et un moulin à poivre. Ton poulet est si mauvais que ça ?

Je t'aime, Alison, dis-je. C'est tout. Moi itou, répondit-elle et elle essuya mes larmes avec la serviette. Je lui avouai que tout allait de travers. Il fallait vraiment que je me ressaisisse. Je lui avouai que j'avais peur de ce qui m'arrivait. Et, soudain, je sus que c'était vrai. Je tournoyais dans le vide, retenue à un avion ravitailleur gigantesque par une fine corde élimée. Allons, dit-elle, ne sois pas si hystérique. Tu as fait des choses que tu regrettes, et alors ? Il y a du monde sur la liste. À commencer par moi. C'est vrai, dis-je en reniflant.

Ce qu'il nous faut, c'est un petit plan d'action, annonça-t-elle. Le monde ne va pas s'arrêter de tourner parce que tu as couché avec un bon à rien. A-t-il mis un préservatif ? Tu prends la pilule ? Oui, et oui, répondis-je mécaniquement. Je voulais juste qu'elle arrête. Elle me dévisagea. Je ne veux même pas m'aventurer sur ce terrain, dit-elle. C'est d'une importance capitale. Je ne t'insulterai pas en insistant pendant des heures. OK ? C'est inutile, dis-je, et je lui adressai un sourire calme, ultra-contrôlé. Elle parut chercher une garantie supplémentaire, puis détourna la tête et s'affaira ailleurs. Tu ne dois plus le revoir, c'est évident, ajouta-t-elle par-dessus son épaule.

Assise avec un morceau de poulet dans la main, j'observai Alison. J'avais l'impression qu'elle savait quoi faire. Tu peux venir habiter ici quelque temps, proposa-t-elle. Ça t'aidera à remettre de l'ordre dans tes pensées. Comme ça, s'il revient, tu ne pourras plus te laisser tenter par ce salopard. Je ne suis pas sûre que ce soit un authentique salopard, répondis-je. Elle mit les mains sur ses hanches. Ma jeune et douce amie incroyablement naïve, tu n'es pas en position de juger. Ce qui est évident, c'est que tu es très malheureuse. Je me trompe ? Excitée, oui. Mais aussi malheureuse. Hélas, les deux semblent aller de pair.

Pendant qu'elle parlait, je commençai à m'assoupir. Elle me fit couler un bain. Trempe bien, dit-elle. J'ai mis un peu de mon élixir magique « Tout ira bien » dans l'eau. Ensuite, tu pourras te coucher tôt et tu iras chercher tes affaires demain matin. Quand je fus au lit dans la chambre d'amis, elle m'apporta une tasse de chocolat chaud et un biscuit au gingembre. Je portais un de ses pyjamas. Autre chose, madame ? demanda-t-elle. Je montrai un vieux livre dans la bibliothèque. Ne me dis pas que tu vas encore t'avaler *Le Vent dans les saules* ? Parfaitement, dis-je. C'est ma bible. Je pars voir M. Blaireau. Trouve-moi un décrottoir et ferme la porte en sortant, s'il te plaît.

J'accepte des choses aveuglément

C'était agréable de loger chez Alison. Tom était adorable : il restait dans son coin et il emmenait les enfants. Après l'incident de la baguette de pain, ils ne voulaient plus me parler, mais impossible de leur en vouloir. Quand on se retrouva, ils affichèrent un petit air implacable. Je dis à Tom que c'était un héros. Oui, répondit-il en se grattant le menton. Après deux jours, je rentrai chez moi ; je ne pouvais pas rester très longtemps. Je ne voulais pas m'imposer. À mon retour, je me sentis comme M. Taupe après qu'il avait abandonné son modeste appart' pour partir vivre avec M. Rat. C'était mon petit chez-moi, avec son monticule de courrier sur le paillasson et sa demi-bouteille de lait caillé dans le réfrigérateur. La maison me semblait très calme après mon séjour chez Alison.

Ma mère avait laissé un message sur le répondeur, mais je n'avais pas envie de lui parler. J'envisageai de lui envoyer une carte postale, puis je m'aperçus que ce n'était sans doute pas une bonne idée. Il fallait que j'aille au bureau pour mon rendez-vous avec le chef de service, au sujet de mon congé maladie insensé. Ça se passa bien. Je pleurai comme une Madeleine et lui racontai une histoire.

Le soir, je faisais des choses que font les gens quand ils sont chez eux, du style changer les draps et ouvrir toutes les fenêtres. J'allumai la radio et m'affairai ici et là, je nettoyai les placards de la cuisine et arrosai mes plantes assoiffées. Je préparai même un grand faitout de soupe pour la sentir mijoter. Je réussis à en manger un peu, mais je n'avais pas faim du tout. J'avais l'impression de tuer le temps en attendant le retour du véritable propriétaire, afin de lui rendre les clés de la maison et de partir retrouver mon autre vie.

Je retournai au bureau et repris le train-train. Ça devenait plus facile de jour en jour, comme si j'apprenais un nouveau métier. À la fin de la semaine, les choses étaient quasiment rentrées dans l'ordre. Le vendredi, Alison et moi prenions une pause à notre bureau quand elle m'annonça qu'elle avait une proposition à me faire. Mais je ne devais pas m'emporter et refuser avant d'avoir réfléchi. La vache, dis-je. Promis. Vas-y.

Elle avait rencontré un type, un copain de boulot de Tom, qui venait d'emménager dans le quartier, très gentil. Et bel homme. Tom et elle pensaient qu'il serait parfait pour moi. Je ne dis rien ; je continuai à siroter mon café. Alors, demanda-t-elle, je vous organise un petit rendez-vous ? Je laissai le silence se prolonger. J'espérais qu'il exprimerait ce que je ressentais. Alors ? répéta Alison, sans cesser de sourire à la manière d'un animateur télé face à une célébrité réticente (si tant est que cela existe). Qu'en penses-tu ? Hmmm ? Tu es complètement folle ? dis-je. Depuis quand tu joues les entremetteuses ? La simple idée de me rendre à un rendez-vous arrangé me donnait envie de vomir. Je savais que tu dirais ça, répondit-elle calmement, mais réfléchis-y. Je sais qu'il est sympathique, et ça n'engage à rien. Juste un verre. Ensuite, tu pourras aller plus loin, si tu le souhaites. Ou pas.

Sans savoir pourquoi, j'acceptai. Je me rappelais combien Tom avait été gentil. Alison voulait mon bonheur, je ne pouvais pas refuser. Elle se chargea de l'organisation. Le type s'appelait Rob, ce qui, d'une certaine façon, me paraissait de mauvais augure. Je songeai à l'expression « rendez-vous arrangé » ou « à l'aveugle ». Pourquoi aveugle ? Cela me paraissait affreusement handicapant et éprouvant. Absolument pas amusant et léger. C'était une première pour moi. Je commençais à regretter d'avoir accepté presque immédiatement. Je décidai d'observer le type en arrivant plus tôt et, s'il avait l'air vaguement louche, je ficherais le camp. Tom et Alison pourraient se foutre leur rancard là où je pense, merci bien.

J'en ai assez des visites

Avant de m'embarquer pour le fiasco potentiel de mon rendez-vous avec machin-chose, je décidai que je devais « jeter des ponts », comme ils disent dans les magazines. Étant donné que mes parents et moi ne vivions pas de part et d'autre d'un fleuve, mais sur deux planètes différentes, c'était une tâche colossale. C'est pourquoi, à la place, j'allai faire des courses. Il n'y avait plus rien à manger à la maison et j'en avais assez de grignoter des crackers Ryvita avec de la pâte à tartiner Marmite. J'avais même développé un petit ulcère dans la bouche tellement ils étaient salés et coupants. En outre, errer dans les allées du supermarché m'inspirait toujours.

Une fois sur place, je découvris que c'était très simple : j'allais inviter mes parents à dîner. Je les appelai sur-le-champ. Je devais leur offrir quelque chose de copieux et de satisfaisant. Un rôti les convaincrait que j'allais bien, qu'ils allaient bien, qu'on allait tous bien. J'achetai un gros morceau de bœuf et les accompagnements habituels. Le temps que je rapporte les sacs chez moi, la viande avait saigné sur les carottes et même trempé une miche de pain qui était maintenant rose et spongieuse.

La préparation du repas me prit presque tout l'après-midi du samedi. Pendant que je faisais la cuisine, je parvins à boire presque une bouteille de vin rouge et au moins un gin tonic. Quand ils arrivèrent, j'étais un peu dans le brouillard. D'emblée, j'annonçai à ma mère que le Yorkshire pudding venait du supermarché. Je te déçois, maman ? Je t'ai trahie ? Oui ? Ne sois pas bête, répondit-elle, et elle déposa un baiser sur ma joue. Tout cela sent délicieusement bon, n'est-ce pas, papa ? Mon père ne semblait pas pressé d'ôter son manteau. Il resta planté dans l'entrée, l'air grave.

Sans trop savoir comment, je réussis à tout déposer sur la table. Mon père découpa le rôti. On parla de la météo et de leur jardin. Quand on eut nos assiettes pleines et fumantes devant nous, je commençai à avoir la nausée. Ma mère me parlait de grand-mère. Celle-ci sombrait dans une sorte de douce inconscience. Je sais, dis-je, puis je dus quitter la table précipitamment. J'arrivai à temps aux toilettes. J'essayai de vomir sans bruit, mais un truc se retrouva coincé dans mon nez. Je ne pouvais plus respirer. Papa et maman se tenaient sur le seuil de la salle de bains. Tout va bien, leur lançai-je en essayant de prendre un ton enjoué. Quelque chose est passé de travers, c'est tout. Je leur dis de retourner savourer leur repas. Ils regagnèrent la table en silence. Tout cela était tellement triste que c'en était presque insupportable.

Je mangerai ma part plus tard, dis-je ; j'avais envie d'un grand verre d'eau fraîche avec du paracétamol. Ils ne mangèrent presque rien, eux non plus. C'était excellent, ma chérie, dit ma mère quand ils eurent fini. Où as-tu appris à faire des rôtis si croustillants ? Avec toi, je suppose, répondis-je. Je vis que ça lui faisait plaisir. On débarrassa rapidement et on s'installa pour prendre le café avec des bonbons à la menthe. Je leur demandai s'ils voulaient regarder la télé, mais ils n'avaient pas envie.

Ma mère me prit les mains. Eh bien, qu'est-ce qui ne va pas ? demanda-t-elle. De toute évidence, il se passe quelque chose. Tu nous évites. Tu t'absentes au travail. On a appelé Alison, elle nous a dit que tu avais logé chez elle. Et là, on te voit toute pâle et triste. C'est à cause de ce jeune homme ? Elle se tourna vers mon père. Celui-ci se leva et se racla la gorge. Tu nous inquiètes, ma chérie, dit-il. Allez, crache le morceau. Je pris ma tasse. Tout va bien, mes chers vieux parents, dis-je. Les habituels hauts et bas de la vie, rien de plus. Vous savez ce que c'est. Alors, on a jeté un joli pont ou pas ? leur demandai-je. L'un et l'autre me regardèrent d'un air songeur. Ils étaient adorables.

On resta assis dans le salon, tranquillement. Je mis un de leurs CD préférés. Après toute cette cuisine, l'alcool et les vomissements, je me sentais vannée. Mon père commença à ronfler doucement, et ma mère sortit son tricot. Je me couchai en chien de fusil dans un coin du canapé. Il se mit à pleuvoir, et j'imaginai la scène vue de l'extérieur. La lumière chaude des lampes et trois personnes qui paraissaient bien ensemble. Juste au moment où je sombrais dans le sommeil, on frappa violemment à la porte. Chaque coup était comme un direct dans mon estomac sans protection. Un frisson de peur parti de ma tête parcourut tout mon corps. J'avais envie de me lever d'un bond, mais je ne pouvais pas bouger. Mon père se réveilla. Ma mère se figea avec ses aiguilles dans les mains. C'est bon, j'y vais, dis-je. Mais mon père était déjà debout. Laisse, papa, dis-je. Ce n'est sans doute rien. Il quitta la pièce. Je savais qui c'était. Il y eut une brève conversation, puis mon père revint. Quelqu'un pour toi, annonça-t-il.

Je sortis du salon en chancelant et fermai la porte derrière moi. Mon cœur laissait échapper la vie, et, en même temps, je me sentais effroyablement vivante de nouveau. Comme si j'avais reçu une décharge électrique. Il s'appuyait contre le chambranle. Tout ça a l'air très agréable, commenta-t-il, très mignon. Il avait prononcé ce dernier mot comme si c'était une obscénité. Une réunion de famille. Il paraissait sur le point de bondir dans le petit vestibule qui sentait le renfermé. Ça me fait vraiment de la peine, tu sais, dit-il en tirant nonchalamment sur sa cigarette. Il semblait faire partie du soir humide et venteux. Sincèrement, j'en doute, répondis-je. Pourquoi tu aurais de la peine ? Parce que tu ne m'as pas invité, répondit-il, et il ricana.

J'étais suspendue entre la sécurité du salon bien éclairé et la nuit inondée de pluie. Moi, dans la lumière froide du spot, dressée tel un spectre, comme quelqu'un qui ne s'est jamais aventuré à l'extérieur. Et lui, penché vers moi, un pied à l'intérieur, les cheveux assombris par la pluie, les yeux bleus nébuleux, un peu aveuglé, déjà parti. Le vestibule devint pendant un bref instant le centre immobile de l'univers. Je voyais les arbres s'agiter derrière lui. Je regardai la façon dont sa cuisse tendait le tissu de son jean mouillé. Où étais-tu passée ? Tu te cachais ? Tu veux aller jouer ? me demanda-t-il d'une voix douce et enjôleuse. C'est dingue, ce que tu m'as manqué. Je levai les mains et réussis à le faire reculer. Je sentis palpiter son torse chaud sous mes paumes. Il sentait le trottoir mouillé, l'alcool et les cigarettes. Va au diable, chuchotai-je. Il souriait. Ne crois pas que je te laisserai filer aussi facilement, dit-il. Au moment où j'allais refermer la porte, il se pencha pour déposer un baiser sur mes lèvres, comme un coup de poing.

J'en montre trop

Le rendez-vous avec Rob avait lieu dans un pub à la sortie de la ville. Les préparatifs devaient être effectués à la dernière minute. J'enfilai mon nouveau pantalon couleur crème et le bustier. Ils étaient un peu trop larges car j'avais maigri. J'enfilai la veste et me plantai devant la glace. Quelque chose clochait. C'est alors que je repensai aux superbes sandales. Après les avoir enfilées, ça allait beaucoup mieux. En fait, j'avais l'impression d'être comme ces filles pour qui les rendez-vous arrangés étaient une partie de rigolade. Mais je faillis dégringoler dans l'escalier ; je n'étais pas habituée aux talons hauts. J'avouai à mon reflet dans le miroir du vestibule que j'adorais vivre dangereusement.

Je pris un taxi pour me rendre au pub, car la seule façon d'aborder un rendez-vous arrangé, c'était de picoler, semblait-il. Je me trouvais toujours plus fascinante quand j'étais bourrée. Du moins, c'est une excuse pour me comporter différemment. Je regardais les rues se clairsemer à mesure que l'on roulait. Le soleil se couchait, et les petites maisons jumelées, les bungalows baignaient dans une sorte de rayonnement hollywoodien ; les bandes de gazon d'un vert éclatant paraissaient retouchées. Il y avait des gens dans leurs jardins, en train de tailler les haies, supposais-je. Des chiens effectuaient des promenades solitaires. Chaque abribus devant lequel je passais accueillait sa bande de jeunes à capuche. J'entendis la musique d'un marchand de glaces. Je sentais naître cette mélancolie ramollie et stagnante que provoque parfois le début de soirée. Très vite, j'arrivai au pub.

Rob n'était pas encore là, alors je commandai un double gin tonic et m'assis derrière un pilier. Ils passaient cette chanson de Jennifer Rush qui parle du pouvoir de l'amour. Alison et moi, on riait en l'écoutant, mais ce soir, dans le pub, alors que j'attendais Rob, elle ressemblait à un authentique cri du cœur. Sentant que j'allais peut-être me mettre à pleurer, je vidai mon verre d'un trait et en commandai un autre.

J'avais encore vingt tristes minutes devant moi, ce qui est absolument interdit pour un rendez-vous arrangé. Je commençai à avoir chaud, puis froid, puis chaud de nouveau. Je devais avoir l'air sur les nerfs à force d'enlever et de remettre ma veste. Je finis mon deuxième verre et compris que ce serait une soirée complètement pourrie. J'étais au bar quand Rob arriva. Je me présentai. Je ne sais pas si on se serre la main, dit-il. Je lui répondis que je n'avais pas lu le guide des rendez-vous arrangés. Il avait un rire agréable. Il commanda une bouteille de vin rouge. On alla s'asseoir dans le jardin et on se mit à boire.

Eh bien, Rob, dis-je. Vous êtes vraiment un très bel homme, n'est-ce pas ? Vous le saviez ? Avez-vous toujours été beau ? Ça fait quel effet ? Il n'était pas démonté par mes questions. Il rit de nouveau et répondit que j'étais plus que jolie. Et ça vous fait quel effet ? On semblait bien s'entendre. Le jardin faisait très fin du mois d'août, comme je les aime. Le sedum tournoyait autour de nous sous forme de bouquets roses alourdis de papillons.

On bavarda longtemps, et il commanda une autre bouteille. Allez-y, buvez, dit-il. Moi, je m'arrête à deux verres, pour pouvoir vous raccompagner. Il faisait presque nuit, mais on resta dehors. J'avouai à Rob qu'il me plaisait bien. Vous pouvez me tenir la main si vous voulez, dis-je. J'avais tellement bu que les plantes et les fourrés autour de moi semblaient vibrer d'énergie, comme balayés par un orage silencieux. Rob portait de très jolies chaussures. C'est tellement important. Il avait des cheveux noirs et dégageait une odeur boisée. Je lui demandai s'il était temps de partir.

On marcha jusqu'à sa voiture. Je titubais, et Rob me soutenait. Il était svelte, mais paraissait fort. Il m'embrassa délicatement ; je trouvai ça délicieux, un mélange d'insouciance et de timidité. J'avais envie qu'il recommence. Quand on monta dans sa voiture, je demandai : Si on roulait simplement ? Il parut surpris et me demanda si j'étais sûre. Tu ne veux pas que je te ramène chez toi ? Oh, non, répondis-je, et je m'étirai sur le siège. Il roula jusque dans la campagne. Les routes étaient de plus en plus sombres. Je t'indiquerai, dis-je. Tout m'était inconnu, et pourtant je donnai des directions.

Finalement, on s'arrêta sur un parking au bord d'un lac. L'eau était totalement lisse, envahie de reflets étoilés. C'était d'une beauté inquiétante. On regarda en silence. C'est embêtant qu'on ne se connaisse pas ? demandai-je. Je te plais ? Je distinguais mal son visage dans l'obscurité, mais je sentais qu'il souriait. Évidemment que tu me plais, dit-il. Tu es très mignonne. Mignonne ? répétai-je. C'est bien, ça ? Tu es adorable, ajouta-t-il, et il me tapota le genou.

Soudain, je n'étais plus saoule du tout. Ni mignonne. Je repensais aux choses que j'avais faites. Je lui répondis que les apparences pouvaient être trompeuses. Oui, sans doute, dit-il. Il paraissait un peu éteint. Il appuya sa tête contre le dossier du siège, et on regarda quelques grands oiseaux blancs se déployer telles des fleurs et atterrir en silence sur le lac. On aurait dit qu'ils traînaient derrière eux des filets remplis d'étoiles. L'eau noire tourbillonna, les étoiles s'étirèrent et frissonnèrent. J'attendis qu'elles se figent. Puis je commençai à ôter mes vêtements neufs. Ils glissèrent sur moi un peu comme s'ils étaient ensorcelés. Mon corps était d'une blancheur saisissante dans la demi-pénombre de la voiture. Je sentais l'éclat de la lune sur ma peau. J'attendais qu'il me touche. Je fermai les yeux pour me sentir encore plus nue. Sensation fantastique. Je savais que j'étais éblouissante.

Rien ne se produisit. Les bras appuyés sur le volant, Rob continuait à contempler le lac. Je lui secouai le bras. Tu n'as pas envie de moi ? Je me sentais de plus en plus pathétique. Ils ne te plaisent pas, Robby le beau Rob ? demandai-je d'une voix idiote en soulevant mes seins pour les tendre vers lui. Ils ressemblaient à deux petits pains affaissés peu appétissants. Je les fis bouger, un pointé vers le haut, l'autre vers le bas, puis vice versa. Il tourna la tête et essaya de fixer son attention sur mes nichons. À quoi tu joues ? demanda-t-il calmement, les mains serrées sur le volant. Range-les, il fait trop froid pour les laisser dehors. Il reposa la tête contre le dossier. Bon sang, soupira-t-il. Tu es complètement ivre. Ses mains glissèrent vers ses genoux, et il ferma les yeux, comme s'il allait s'endormir.

J'avais l'impression de me désintégrer. J'essayai de me rhabiller, mais je tremblais trop. Mes fesses nues couinèrent telle une souris apeurée contre le siège. Je fourrai mon soutien-gorge dans mon sac. J'enfilai mon pantalon à l'envers. Mes vêtements avaient perdu leurs propriétés magiques. Le lac était terne, ridé de vaguelettes. Plus d'étoiles. La pluie se mit à marteler le pare-brise. Il me ramena chez moi. Une ou deux fois, il essaya de faire la conversation. Les essuie-glaces frottaient contre la vitre. Un serpent d'hilarité gigotait dans ma gorge, mais je le ravalai. Quand la voiture s'arrêta, je claquai la portière et me précipitai chez moi. Allongée dans le vestibule, je hurlai de rire jusqu'à en être paralysée.

Je mise sur le mauvais cheval

Je savais que plusieurs semaines s'étaient écoulées. Le calendrier le disait, mais je ne les ressentais pas comme des jours et des heures, des minutes et des secondes. Je les ressentais dans mon sang peut-être, ou dans mes os. Je mourais d'envie de le voir. Quand je me réveillais le matin, l'envie se réveillait aussi, semblable à un drôle de chat couché sur mon lit. Cette sensation montait de l'intérieur de mon bassin et s'installait dans ma gorge. Où elle restait toute la journée. J'avais du mal à manger, même quand j'avais faim, avec cette chose dans ma gorge. Puis j'en vins à redouter qu'elle ne s'en aille. D'une certaine façon, c'était comme s'il me suivait partout où j'allais, avec ses cheveux blonds souples et ses jolis pieds. Le duvet doux sur son bas-ventre. Le pouls qui battait dans son cou. Le parfum de sa salive. Et l'odeur de sa peau fraîche au teint uni, semblable à une herbe écrasée avec du beurre.

En même temps, si je fermais les yeux, je voyais une autre version grotesque de moi-même, dans une voiture éclairée par la lune, faisant tournoyer ses seins vides. Ou bien gisant sur le plancher du vestibule, immobile, bavant sur le tapis. Je me voyais même sur les eaux agitées d'un lac, entourée par des oiseaux blancs qui planaient en silence, levant un verre de vin rouge à la pluie. Pourquoi étais-je allée là-bas ? Avec qui ? J'avais du mal à me rappeler si c'était il y a longtemps. Tout était flou, chaque chose se fondait dans une autre, douloureusement ponctuée de rencontres que je ne comprenais pas. Je sais que je parvins à aller travailler presque tous les jours. Mais c'était à peu près tout ce que je savais.

Sans cesse, je revivais ce déjeuner de début d'été au bord de l'eau. La façon dont il avait agrippé mes seins à deux mains, le courant électrique qui s'était propagé dans mon ventre quand il avait pincé et tiré mes mamelons. Je me souvenais de la berce géante qui nous surplombait. Je grinçais des dents en repensant à ma joue qui frottait contre le mur rugueux du pub, aux bruits que j'avais faits dans la chaleur de l'après-midi. Les deux femmes, immobiles sous un parasol délavé, figées, avec leurs petits pains et leurs couverts à la main. Tendant l'oreille.

Alison prit l'habitude de m'apporter des sandwiches au travail ; mon réfrigérateur était vide. Le supermarché me semblait être un endroit trop compliqué. Au lieu de sortir déjeuner dans le square, on choisit d'utiliser le réfectoire du personnel.

Partout autour de moi, des gens se fourraient des frites dans la bouche. C'est quoi, cette folie des frites aujourd'hui ? lui demandai-je. C'est juste une idée ou bien une sorte de concours a été organisé à notre insu ? Je n'en sais rien, ma petite dame, répondit Alison. Et quelle importance ? Qu'ils s'étouffent. Je veux que tu me parles de ton rendez-vous. Ça fait un petit moment déjà, et tu n'as même pas prononcé le nom de Rob. Rob qui ? demandai-je. Il vous a contactés, Tom ou toi ? Elle secoua la tête.

Ma gorge se serra, ou quelque chose à l'intérieur grossit. Alison m'observa. Oh, c'était bien, je crois, dis-je. Alison cessa de mastiquer sa branche de céleri. Tu sais que ce machin contient des calories négatives ? lui dis-je. Hmmm. OK, dit-elle, on parlera de lui une autre fois. De qui ? demandai-je. De Rob, petite idiote. Et mange quelque chose, nom d'un chien.

L'après-midi s'étira comme un de ces trajets familiaux en voiture qui vous rendent malade. On est bientôt arrivés ? articulai-je en direction d'Alison à l'autre bout de la pièce. Elle me regarda fixement et replongea le nez dans son clavier. Assise à mon bureau, j'essayais de paraître affairée. Mais je ne pouvais pas faire grand-chose. Toute cette paperasserie ressemblait à de nouvelles versions, plus ardues, des trucs que je faisais habituellement. Notre chef partit tôt, et tout le monde se détendit.

Alison et moi, on s'éclipsa pour aller boire un café. Plusieurs femmes d'un autre service se trouvaient dans la cuisine ; Alison semblait les connaître toutes. Elles parlaient d'une émission de télé. Elles en étaient vraiment fanas. Alison semblait la mieux informée. Bon sang, lui dis-je, depuis quand tu t'intéresses à ce genre d'âneries ? Les autres se turent pour nous regarder et nous écouter. Aussi incroyable que cela puisse paraître, répondit Alison, c'est la vraie vie. Elle me souriait. La télé, les magazines, ce type de choses. C'est comme ça qu'on crée des liens au travail, ma chérie. Avec des banalités. On appelle ça la communication. *Comprondevou ?* Je regarde la télé, tu sais, et des films, me dit-elle. Figure-toi que j'écoute même de la musique quand je ne suis pas avec toi.

Il y eut quelques rires. Puis, quelqu'un que je ne reconnaissais pas, une femme avec les pores du nez dilatés partout, dit qu'à son avis j'avais toujours habité sur une autre planète. Je la regardai fixement. Elle portait un dauphin souriant autour du cou, au bout d'une chaînette. L'œil était représenté par une minuscule pierre verte. Je songeai que ça faisait froid dans le dos, quand on réfléchissait vraiment. On ne sait pas grand-chose d'elle, voilà tout, ajouta quelqu'un d'autre en se penchant pour m'ébouriffer les cheveux. C'est un petit cheval sauvage, comme on dit.

Je regardai Alison. Elle tenait sa tasse devant sa bouche, mais je voyais qu'elle me souriait. Un petit poney sauvage, peut-être, dit-elle. Je ne savais pas quoi répondre. Elles semblaient toutes tellement unies, là, à se servir à boire, bavarder, donner leur avis. Soudain, je les sentis s'éloigner à toute vitesse, et je me retrouvai au centre d'un immense vide. Puis, faiblement, j'entendis une personne parler des kilos qu'elle avait pris, et toutes les autres se retournèrent pour participer à la conversation. Alison trônait au beau milieu.

J'allai aux toilettes, mais, franchement, je commençais à en avoir assez de cette histoire de toilettes. J'avais l'impression d'y passer ma vie. Malgré tout, c'était mon espace à moi. Il y avait quelqu'un dans une cabine, et je dus attendre qu'il ait fini ce qu'il avait à faire, ce qui prit une éternité. Pour passer le temps, je promenai mes mains dans le lavabo rempli d'eau froide. La femme pas pressée sortit enfin, en ajustant sa jupe, un geste horripilant. Pendant qu'elle se lavait les mains, elle regarda mes doigts bleuis qui flottaient dans l'eau, puis mon visage dans le miroir. Tout va bien ? demanda-t-elle. Pourquoi ? répondis-je. Et vous ? Qu'est-ce que vous faisiez là-dedans ? Vous écriviez une lettre d'amour ?

Enfin, les toilettes furent entièrement libres. Je vérifiai que tous les robinets étaient fermés et essuyai les lavabos avec une boule de serviettes en papier. Je pensais au fait d'être un cheval sauvage, ou un poney. Je me souvins d'une fois, quand j'étais petite, où ma mère et moi on avait essayé d'attirer des chevaux pour qu'ils viennent nous parler. Elle m'avait assise sur un mur de pierre et elle agitait une botte un peu fanée d'herbe particulièrement succulente. Ils vont peut-être venir, me dit-elle en souriant aux chevaux regroupés au centre du pré, réservés et hauts sur pattes. Soudain, comme s'ils s'étaient mis d'accord, ils se séparèrent, se retournèrent et foncèrent droit sur nous.

Assise sur le mur chauffé par le soleil, je crus qu'ils allaient sauter par-dessus ma tête et s'élever dans le ciel au galop. Peut-être allaient-ils emmener ma mère et me laisser seule au bord du pré. C'était magique, la façon dont ils ralentirent et s'arrêtèrent devant nous. Ils mangèrent gentiment l'herbe que ma mère leur offrit, alors qu'ils n'en avaient pas besoin, je le savais. Assise entre deux chevaux, je respirais l'odeur de l'herbe meurtrie, des muscles et des crinières. J'imaginais chaque cœur énorme avec ses tubes et ses valves bordeaux. Je tapotai chaque flanc massif et élastique qui se frottait contre moi, et je sentais sa chaleur, sa chevalinité. En contemplant un œil affectueux et sage, je me vis flotter sur sa surface liquide marron très foncé. Je promenai mes mains sur chaque nez soyeux et frémissant et inspirai le souffle doux qui s'en échappait. Puis ils s'en allèrent.

Je me séchai les mains. Elles étaient si froides que j'avais l'impression de toucher les mains de quelqu'un d'autre. Je regardai mon reflet et trouvai que mes yeux ressemblaient davantage à ceux d'un petit animal domestique. Un hamster, peut-être, ou un lapin. Ou aux yeux du dernier chaton invendu dans la cage au marché. Un chaton qui comprend la vérité sur l'attente, le seau rempli d'eau à ras bord et les poings puissants, habiles, du marchand.

En rentrant chez moi, j'exhumai son numéro de téléphone. J'essayai de rester simple et réservée. J'essayai de ne pas paraître en manque ni en larmes. Je mis un CD pour qu'il entende la musique en fond sonore et pense que j'étais une fille normale. Quelqu'un qui avait décidé, subitement, d'appeler un gars qu'elle trouvait sympathique. Je laissai un message lui demandant de me rappeler. Je proposai qu'on se retrouve pour bavarder ou autre chose.

Je me pâme au bord de la rivière

Presque trois semaines s'étaient écoulées depuis que j'avais laissé mon message. Juste au moment où je me disais que j'allais devoir rappeler, il me contacta. Il ne dit pas grand-chose. Si tu veux, répondit-il, quand je lui suggérai qu'on se voie. Je passai un long moment à me préparer ; il était important d'être dans le ton. Je voulais paraître sublime, irrésistible, comestible même, sans donner l'impression d'avoir fait trop d'efforts. Pas facile. Après avoir traîné devant le miroir tant redouté pendant une demi-heure, je n'étais pas satisfaite de mon maquillage. Mes sourcils ressemblaient à deux mots erronés que quelqu'un avait tenté de corriger avec un feutre noir. L'un était plus haut que l'autre, ce qui me faisait ressembler à un personnage de dessin animé. Mes joues étaient beaucoup trop roses, et j'avais des yeux de folle, hagards, d'une certaine façon. Je nettoyai tout et recommençai. Il était plus prudent d'adopter la tactique du maquillage « zéro » dont parlaient tous les magazines. Quand j'eus terminé, on aurait dit que je n'avais rien mis du tout. Mais pas dans un sens positif. Ma toile vierge restait vierge. Je n'arrivais pas à savoir si j'avais échoué de manière spectaculaire ou s'il s'agissait d'un succès éclatant. Si tu as besoin de poser la question, me dis-je, c'est que tu connais la réponse.

Je me rendis au pub où il avait dit qu'il serait et j'attendis dehors qu'il arrive. Assise dans ma voiture, j'écoutai tout un épisode de *The Archers*. Je regardais la porte du pub s'ouvrir et se refermer. Chaque fois qu'elle s'ouvrait, je croyais que c'était lui, mais non. À la radio, deux vieux agriculteurs snobs faisaient l'amour. *The Archers* avait changé depuis l'époque où je l'écoutais avec ma mère dans la cuisine. Les trucages sonores étaient si réalistes que j'en étais gênée. La scène semblait se dérouler sur un cheval. Difficile de déterminer qui ahanait, les amants ou leur monture.

Juste au moment où retentissait la musique de fin, il monta à côté de moi. Je restai muette. Il emplit la voiture d'une odeur de bière et de cigarette. Je fis rugir le moteur et démarrai en trombe. Il me demanda si j'allais bien. Je hochai la tête. Incapable de le regarder. Comme si mes yeux étaient collés à la route. Il posa la main sur ma nuque et commença à la masser. Il me demanda où je le conduisais, mais il ne semblait pas très curieux de le savoir. Je lui dis qu'il verrait bien. Parfait, répondit-il. Je me fous de savoir où on va. J'avais prévu une promenade au bord de l'eau. Je voulais faire des choses ordinaires, qui ressemblaient plus aux relations qu'avaient les autres gens. Ça me paraissait être une bonne idée de l'emmener dans un de mes coins préférés.

Je garai la voiture sous un groupe de pins, et on se mit à marcher. Je lui expliquai ce que m'inspirait cette rivière, et il m'écouta en souriant. Lui aussi, dit-il, avait des endroits qui lui inspiraient la même chose. Je m'arrêtai pour le regarder. On se tenait la main. La rivière était derrière lui, l'air du soir était parfumé et frais sous les arbres. Il m'observait sans ciller. C'était une sorte de miracle, comme si j'avais capturé une créature dont tout le monde me disait qu'elle était dangereuse et qui se révélait douce, comme si un être sauvage s'était calmé. Tu es beau, je t'aime, dis-je. Je ne savais pas si j'avais prononcé ces mots à voix haute ou si mon cœur les avait laissés échapper en silence.

Il ne réagit pas, alors je les répétai, d'une voix forte et claire. Il sourit et m'enlaça. Je sentais cogner son cœur magnifique et puissant. J'enfouis ma tête dans son cou. J'avais l'impression que ma colonne vertébrale se transformait en un liquide ondoyant et mielleux ; j'allais couler le long de son corps et me répandre à ses pieds.

On repartit, accrochés l'un à l'autre. Sur la rive, on croisa des gens avec leurs chiens, des parents qui apprenaient à leurs enfants à faire du vélo. Il était calme et détendu. Je gardai mon bras autour de sa taille et il posa le sien sur mes épaules. Tout était parfait. Je voyais l'image que l'on offrait ensemble. Au bout d'un certain temps, je lui demandai s'il passait un moment agréable ; je craignais qu'il ne finisse par s'ennuyer. Mais il ne me répondit pas. Il n'avait pas dû m'entendre. Je commençais à me sentir nerveuse. J'éprouvais ce sentiment que l'on a parfois quand une chose s'échappe, sans qu'on puisse la retenir. Telle la lumière au cours d'un bref après-midi d'hiver. Il fallait qu'un événement se produise. Je songeais qu'il se montrait gentil avec moi car il allait me larguer. Son bras sur mes épaules était un poids mort. Je pensais maintenant qu'il ne voulait plus de moi.

La nuit tombait, et les petites chauves-souris qui vivent au bord de l'eau se mirent à voleter telles des feuilles vivantes. C'était toujours un moment triste. On s'arrêta près du pont et on contempla l'eau qui coulait, rapide et lisse, de la même couleur que le ciel, mais parcourue de traits scintillants. On regarda le ciel prendre une couleur cerise à la crème et se dissoudre lentement dans l'eau. Sous nos yeux, la rivière se para d'un aspect étrange : compacte et lente, silencieuse et musclée, plus proche du sable sec que du liquide. J'enfonçai mes mains dans mes poches et y découvris un bonbon. Il devait être là depuis longtemps. Il détacha les yeux de l'eau pour les poser sur moi.

Dans la pénombre, il ressemblait à un inconnu. Le coucher de soleil faisait luire sa peau et pâlir ses cheveux. Mais il ressemblait toujours à son autre côté, gentil et doux. Celui que je ne connaissais pas. Qu'est-ce que tu as trouvé ? demanda-t-il. Je brandis le bonbon écrasé dans son papier déchiré, et il me le prit. Quand j'étais gosse, ça s'appelait des Opal Fruits, dit-il, tu t'en souviens ? Il le mit dans sa bouche. On était sur le pont, et il me tenait fermement dans ses bras. Ouvre la bouche, dit-il. Il m'embrassa et fit glisser le bonbon visqueux et chaud avec sa langue. Fraise ! dis-je, mais en vérité, j'avais l'impression que c'était un petit bout de lui-même, et que je pouvais le manger. Il m'étreignit. J'avais envie de rester sur ce pont, suspendue dans le vide, mais je savais que c'était idiot. Il faisait nuit maintenant, et sous nos pieds la rivière retenait les dernières lueurs du ciel.

Peu à peu, je m'aperçus que mes bras tremblaient, tellement je le serrais fort. Relax, me dis-je. De toute évidence, l'instant était passé. Il ne réagissait plus à mon contact. Je laissai retomber mes bras. Je ne fus pas surprise quand retentit la sonnerie stridente de son téléphone, dont le petit écran brilla d'un éclat bleuté. Oui, dit-il, oui, oui, OK. Il écouta un instant. Rien d'important, dit-il en me regardant d'un air vide, concentré sur sa conversation. Hé, mec, va te faire foutre ! Il s'esclaffa. Passe me chercher dans… dix minutes, disons. À l'endroit habituel. Pas de souci. La lumière bleue s'éteignit. Le soir parut encore plus noir. Les arbres alignés au bord de l'eau étaient penchés.

Faut que je te laisse, baby, dit-il. Mais il fait nuit, dis-je, et on est loin de la voiture. Et alors ? répondit-il. Tu es une grande fille. Il s'éloignait déjà. Je me mis à pleurer. Ne m'abandonne pas, on ne passe pas un moment agréable ? lançai-je. Je ne pouvais pas m'en empêcher, tout en sachant que cela le mettrait en colère. Il revint vers moi à grands pas et me saisit par les épaules. Agréable ? dit-il. Me fais pas chier avec ces conneries, et il me repoussa si brutalement que je heurtai la balustrade du pont. Soudain, il me parut indispensable de le retenir. C'était une sorte d'épreuve que je devais passer. Je suis désolée, m'entendis-je brailler. Je suis sincèrement désolée. Je ne voulais pas te mettre en colère. Je t'en supplie, ne pars pas.

Il revint de nouveau ; ses pas résonnaient sur le pont en bois. Je crus qu'il allait faire quelque chose, me frapper peut-être. Au lieu de ça, il m'enlaça et m'embrassa sur le front. Ne pleure pas, murmura-t-il. Je ne pensais pas ce que j'ai dit. Il faut t'habituer : je suis un salopard cruel. Il essuya mes larmes avec ses mains chaudes. Non, c'est faux, dis-je, et je déposai un baiser sur sa joue. Puis il disparut. Je restai là, les mains collées à la balustrade en métal, à tendre l'oreille pour l'écouter partir en courant, jusqu'à ce que je ne l'entende plus.

Je tiens un double langage

Je ne sortis pas pendant cinq jours. J'ignorai la sonnerie du téléphone et effaçai tous les messages sans les écouter. Ah, cette petite lumière qui me faisait de l'œil ! Tel un oncle qui vous donne la chair de poule dans une réunion de famille. Bref, il me semblait avoir atteint un endroit – un précipice ou quelque chose de semblable – où j'avais besoin de réfléchir. Quel était mon problème avec les hommes ? Pourquoi ne pouvais-je pas être une fille normale ? Mais la plupart de ces questions ne pouvaient être posées. Ce n'étaient que des flopées confuses de Pourquoi ? et de Comment ? de Pourquoi moi ? Je restais assise pendant des heures devant le miroir, à me regarder. Le miroir se trouvant à l'intérieur de la porte de la penderie, je devais la maintenir ouverte et me percher au bout du lit.

J'étais plutôt mignonne, jolie même, c'était la vérité. Parfois, j'aimais vraiment mon reflet. Salut, beauté ! lançais-je. Ou bien je posais, d'un ton affectueux, des questions du style : C'est quoi ton problème, ma belle ? Ou bien : Quelle mouche te pique, petit oiseau de paradis ? Ou même, mais ça c'était au début : Beaucoup de gens seraient prêts à tuer pour avoir ta vie, pauvre ingrate, va au piquet. Je me mirais sous tous les angles. Tout était super. Chaque chose était à sa place.

Je me souvins d'avoir regardé à la télé, dans une matinale, une femme motivée parler des *stratégies pour favoriser la connaissance de soi et permettre d'aller de l'avant*. Alors, je pris mon miroir à main et regardai entre mes cuisses. Hello, dis-je, salutations. Cette démarche me paraissant un peu pesante, j'essayai de jouer la désinvolture. Qui est-ce que tu reluques comme ça ? plaisantai-je. La chose ne cilla pas. En tout cas, elle ne répondit pas. Je l'ouvris un peu plus, légèrement dégoûtée. Puis je pris peur : elle paraissait si triste et en colère. Toute cette zone ressemblait à un œil tuméfié. Je crus discerner un air de reproche. Finalement, je murmurai : Adieu et bonne chance. Je sentais que nous en avions besoin toutes les deux. Puis, à la dernière minute, très vite : Sois heureuse.

J'avais tout le temps faim. Je stockais les aliments que j'avais envie de manger : beaucoup de viande, comme Mia Farrow dans *Rosemary's Baby*. Du poulet et des côtelettes, des saucisses et des steaks hachés. D'épaisses tranches de jambon, qui dépassaient de ma bouche comme une langue de chameau. Des boulettes de viande semblables à des morceaux de cervelle grillée. Je mangeais devant le miroir. C'était incroyable ce que je pouvais avoir l'air stupide quand je mâchonnais. Je me jurai de ne plus jamais manger en public. Comment les gens avec qui j'avais mangé avaient-ils pu garder leur sérieux ? Ou même s'empêcher de vomir ? Mon Dieu ! Je me réjouissais d'avoir eu cette possibilité. Au moins pourrais-je m'éviter cette gêne à l'avenir. Quand je buvais, ce n'était pas beaucoup mieux. Mon visage semblait à la fois meurtri et émotif. Et d'une écœurante piété, comme si j'avais été insultée à cause de ma foi et que je me trouvais sur le point de craquer. Mais tout ça était très bien, pensais-je : la connaissance de soi, pour aller de l'avant ensuite.

Je décidai qu'il serait intéressant de mener une expérience. De passer du côté obscur, vous voyez. Alors, je cessai de me brosser les cheveux. Pour moi, c'était un concept énorme, complètement loufoque. Le truc stupéfiant, c'était qu'à mesure que je devenais de plus en plus hirsute, de jour en jour, mes cheveux étaient de plus en plus beaux. Pourquoi m'étais-je donné tant de mal ? Mon attachement servile aux défrisants me semblait insensé tout à coup. Ce nouveau look était plus adulte. Plus « il ne faut pas se foutre de moi ». Et même un peu « nana fan de hard-rock ». Cet aspect négligé lançait un message au monde. J'avais l'impression d'être peut-être une fille dangereuse, quelqu'un de très lunatique. Quelqu'un dont les hommes tomberaient passionnément amoureux.

C'était une plaisanterie, évidemment. Et je demandai au miroir : Qui espères-tu tromper, pauvre ratée ? Je savais que je devais m'endurcir. Sors de ta chambre, adolescente débile ! criai-je. Avec tes cheveux en bataille, ta vulve horrible et ta mastication grotesque ! Personne ne t'aime. Toi-même, tu ne te supportes pas ! (Je dis tout cela en ajoutant des points d'exclamation.) Regarde-toi longuement, véritablement, honnêtement pour une fois ! La partie de ma chambre qui se reflétait dans le miroir était si misérable, sinistre, pleine de solitude, que cette vision me fendit le cœur.

Je contemplai l'assiette d'os posée sur le lit à côté de moi, le lisseur par terre, et je pleurai avec un abandon total. La fille dans le miroir et moi, on versa ensemble des larmes amères. J'étais triste pour elle, elle était triste pour moi. Mais alors même que je chialais comme une Madeleine, je savais que j'allais devoir bientôt arrêter. Je jure qu'à un moment, après une crise de sanglots durant laquelle je pleurai dans mes mains comme le personnage d'un tableau victorien, je jetai un coup d'œil entre mes doigts entrelacés et je vis qu'elle m'observait d'un air avide, avec un soupçon de sourire. À l'instant même où elle s'aperçut que je la regardais, elle laissa retomber sa tête hirsute et se remit à brailler dans ses mains jointes.

Je me redressai, avec le hoquet. Pourquoi est-ce qu'il ne m'aime pas ? lui demandai-je. Pourquoi ? Pourquoi ? C'était réconfortant de donner libre cours à la répétition. J'avais l'impression de jouer dans une pièce. Pourquoi ? Elle secoua lentement la tête et haussa les épaules, en mimant cette expression qui semblait dire : aucune idée, ce qui était étonnamment exaspérant. Mais peut-être qu'il m'aime, pensai-je soudain. Peut-être qu'il m'aime sans pouvoir le montrer. Peut-être a-t-il besoin que je l'aide. Elle paraissait sceptique. Et peut-être aussi que tu devrais aller au diable ? dis-je. Sincèrement, tu ne connais rien à rien. Pauvre conne hypocrite ! En un éclair, une idée me frappa. Il avait peut-être essayé de me dire quelque chose. Il voulait peut-être qu'on s'installe ensemble, ou un truc énorme dans ce style, et il avait du mal. Voilà pourquoi il était un peu ombrageux. Logique. À contrecœur, je jetai un coup d'œil dans le miroir. Mon reflet avait les mains plaquées sur les oreilles et la bouche ouverte.

Je me levai et l'enfermai dans la penderie en claquant la porte. Il y avait un autre miroir à l'extérieur, et dans celui-là, tout avait un bien meilleur aspect. Je pris une douche et me séchai les cheveux. Après quoi, je les lissai jusqu'à leur donner un éclat somptueux. J'appelai Alison ; on bavarda. Sa voix semblait lointaine, comme si elle flottait à la surface de l'océan, alors que je me trouvais au fond dans un sous-marin, mais c'était agréable de l'entendre. Elle me demanda si je voulais bien lui rendre un service à l'improviste et garder le bébé. Je lui demandai si elle tenait vraiment à me confier, à moi seule, un autre de ses enfants, après l'incident du pain. Ce n'était pas ta faute, dit-elle. Tu pourras l'emmener faire une jolie promenade dans sa poussette ; il dormira tout le temps. Ce ne sera pas long. Cela me semblait être une excellente façon de réintégrer le monde réel. Mais je ne le dis pas à Alison.

Je m'offre une thérapie par le shopping

Ma maison avait besoin d'être rangée. Le bébé ne le remarquerait certainement pas, mais ça ne me semblait pas bien de le recevoir dans un endroit triste et en désordre. Et d'abord, qui pouvait dire ce que voient les bébés ? Tout, peut-être. Peut-être qu'au départ on est tous très intelligents, perspicaces, et qu'on devient stupides. Quoi qu'il en soit, je craignais que les nuages d'humeur sombre, qui tournoyaient de manière invisible, ne s'abattent sur lui. Alors, j'ouvris les fenêtres et passai l'aspirateur, qui n'avala pas seulement de la poussière et des toiles d'araignée. Je cueillis quelques églantines couleur gâteau de riz au milieu des buissons, au fond du jardin. Leurs visages ouverts ressemblaient à la douceur incarnée. Elles possédaient des feuilles touffues, et quand je les reniflai, elles m'offrirent le condensé de rose velouté le plus mielleux que j'aie jamais senti. Je les déposai dans un vase vert cendré, et elles se disposèrent elles-mêmes à la perfection, leurs feuilles se déployant en collerettes parfaites autour de chaque fleur.

Je déjeunai ensuite car je ne voulais pas penser à ce genre de chose quand le bébé serait là, puis m'assis dans la cuisine, à côté des églantines, et je bus du thé. La chaleur de la pièce et le parfum des fleurs m'endormaient ; je me sentais lourde et ralentie. Je posai la tête sur la table et m'assoupis. Quand la sonnette retentit, je fis un bond et me précipitai dans le vestibule. Alison était là, un peu essoufflée, avec l'adorable bébé dans sa poussette. Je reviens à cinq heures, dit-elle. C'est officiel : tu me sauves la vie. Elle fit rouler la poussette à l'intérieur, tout en me tendant un sac avec des affaires. C'est un bel après-midi pour se promener, lança-t-elle en remontant dans sa voiture. Il adore marcher. Puis elle disparut, et le bébé et moi, on se retrouva seuls dans la maison silencieuse.

Dans la cuisine, je pris le temps de l'observer. Ma parole, lui dis-je, tu es le bébé le plus trognon que je connaisse. Il me sourit avec bienveillance, puis soupira en regardant calmement autour de lui ; ses mains potelées étaient posées sur ses genoux tels deux gâteaux roses. Comme il semblait intéressé par les fleurs, je pris le vase et l'approchai de lui. Il rit et prit les églantines à pleine main, et il poussa un cri strident épouvantable. Je lâchai le vase, qui se brisa, aspergeant ses petites jambes brunes. Il se raidit et se mit à brailler.

Sa minuscule main était toujours refermée autour de la tige d'une des églantines, et je compris, avec un frisson de peur tranchant comme un rasoir, que les épines étaient plantées dans la peau tendre de sa paume. Je fondis en larmes et m'assis à côté de lui, dans l'eau renversée. Je ne sais comment, je parvins à lui ouvrir la main et à libérer la fleur étranglée. J'allai chercher de l'eau froide pour lui mouiller la paume, en chantonnant à travers mes sanglots. Il se calma et m'observa sans méchanceté pendant que je lui caressais la main et frissonnais en rythme.

C'était la catastrophe, et je n'étais responsable du bébé que depuis dix minutes. Je l'embrassai sur le crâne et essayai d'examiner sa main de nouveau, mais il ne voulait plus me laisser faire. Petit garçon, lui dis-je, je suis navrée, sincèrement navrée. Ses joues luisaient de larmes ; je les séchai délicatement. Je sentais que mon cœur allait se briser, ce bébé était si adorable. Je vidai le sac que m'avait laissé Alison et trouvai une tasse avec une boisson pour bébé dedans. Il la but entièrement. Je m'assis sur la chaise, tremblante. À l'intérieur, j'avais l'impression de m'être entièrement vidée, tel un nuage après une averse. Comment expliquer l'état de sa pauvre petite main à sa mère ? Petit homme, lui demandai-je, veux-tu aller faire une jolie promenade ?

Je promenai le bébé endormi dans sa poussette à travers la ville. Le vent violent balayait les trottoirs de béton. J'entrai dans chaque boutique ou presque. Elles diffusaient toutes la même musique. Les vendeuses époussetaient des rayons, réarrangeaient des articles et parlaient de leur week-end – *... bref, il a dit, alors j'ai dit, puis il a dit, et j'ai dit...* – en baissant la voix sur mon passage. Les filles, les filles, les filles, avais-je envie de leur dire, qu'est-ce que j'en ai à faire de ce qu'il a dit et de ce que vous avez dit ? Toutes les boutiques étaient vides ; je ne vis pas une seule autre personne qui faisait du shopping. Comme si tous les véritables gens s'étaient volatilisés. Je devais continuer à faire rouler la poussette, sinon le bébé risquait de se réveiller.

Il y avait un tas de belles choses à acheter. J'avais envie d'une écharpe avec des grosses taches rondes ; d'une paire de sandales en cuir couleur caramel ; du poulet mariné dans l'huile d'olive, les piments et l'ail ; d'une miche de pain tressée cendrée, d'un long manteau de Cosaque avec un col en fourrure, mais je ne voulais pas déranger le bébé. Dans un grand magasin, je décidai de faire une pause et de m'asseoir ; mes jambes me jouaient des tours. La cafétéria était vide, et la nourriture semblait factice. Je commandai une camomille et, perchée au bord de ma chaise, je balançai la poussette. En buvant, je calculai combien de temps il restait jusqu'à cinq heures.

Au rayon ameublement, ils avaient choisi un thème oriental. Qu'est-ce qui pouvait pousser les gens à décorer leur maison de cette façon ? Je touchai les rideaux, je soulevai les vases et les bougies. En descendant avec l'ascenseur, je perçus de faibles signes d'agitation dans la poussette, alors je me ruai hors du magasin et me mis à courir. Je ne ralentis qu'en atteignant le passage souterrain. Les lumières étaient faibles, et je sentais l'odeur du béton mouillé, de l'urine aussi peut-être. Des gens avaient griffonné des messages sur les murs. L'un d'eux, à la peinture rouge brillante, disait : Y a rien d'autre, bordel ? Je voulais faire sortir le bébé de là au plus vite, mais c'était difficile, je dus manœuvrer pour contourner un chariot tordu.

En émergeant en plein jour, je m'arrêtai. Il y avait des choses sur la capote de la poussette, des choses que je n'avais pas achetées : une bougie et un petit coussin chinois. Des pompons vert émeraude, soyeux, se balançaient à chaque coin. Un dragon brodé, à moins que ce ne soit un oiseau ou un reptile, me regardait fixement de son œil représenté par une pierre bleue étincelante. Les couleurs flamboyaient dans l'entrée sinistre du passage souterrain et semblaient onduler sur le corps de la créature ; on aurait dit qu'elle allait s'envoler et retourner au magasin dare-dare pour prévenir la sécurité.

Le choc me coupait le souffle. Devant moi, le chemin était désert. Le vent qui jaillissait du souterrain soulevait mes cheveux en un cône tourbillonnant et me poussait vers la maison. Je marchai aussi vite que possible tout en conservant un air normal. Arrivée chez moi, je m'appuyai un instant contre la porte. Je laissai le bébé, toujours endormi, dans le vestibule et emportai les objets dans le salon. Je les disposai sur la table basse. Puis je m'assis dans le canapé et je les contemplai, en attendant le retour d'Alison.

Je m'attache parfois

Je fus convoquée dans le bureau du directeur des ressources humaines. C'était quelqu'un qu'on ne connaissait pas bien. Je n'avais même jamais entendu parler de lui. J'avais espéré, quand il m'arrivait d'y penser, que personne n'avait remarqué ma présence légèrement irrégulière au travail ces derniers mois. De toute évidence, je me trompais : ces gens-là remarquent le moindre détail navrant. Le bureau se situait dans une partie de l'immeuble où je n'avais jamais mis les pieds. Je suivis lentement le couloir étrange, en lisant les noms sur les portes, jusqu'à ce que je trouve la bonne. L'idée me vint qu'il s'agissait peut-être d'un acteur, quelqu'un qu'ils engageaient à la journée pour les entretiens avec les mauvais employés. Je frappai et entrai. Il avait la tête de l'emploi, en tout cas. Asseyez-vous, me dit-il, et il se mit à feuilleter un dossier. Il le consulta si longtemps que j'en déduisis que le dossier me concernait.

Je regardai autour de moi. Aucune photo, uniquement un de ces stylos grotesques planté dans un porte-crayon collé sur le dessus du bureau comme une fléchette. Oui, ça ressemblait à un décor de théâtre. Il y avait des étagères et des étagères de classeurs remplis d'informations sur l'hygiène et la sécurité. Bon sang, songeai-je, ce pauvre gars doit s'ennuyer à mourir, puis je repensai à l'idée du boulot journalier. C'était un moyen de se faire un peu de fric. Finalement, car j'avais l'impression qu'il surjouait la scène de la lecture du dossier, je fus obligée de lui demander si l'histoire de ma vie lui paraissait intéressante. Il leva lentement la tête. L'histoire de votre vie ne nous intéresse pas, dit-il. Croyez-moi. Et ceci, ajouta-t-il en brandissant le dossier, ne parle pas de vous. Ce qui nous préoccupe, c'est votre productivité, ou son absence.

Il parla beaucoup – blablabla – et je restai assise, à battre des paupières. Sincèrement, je m'entendais battre des paupières. Ses chaussures ressemblaient à d'énormes pâtés en croûte. Il y avait des petits cochons sur ses chaussettes. Puis je m'aperçus qu'il attendait que je dise quelque chose. Alors, je dis que j'étais désolée, j'avais dû gérer quelques gros problèmes familiaux. Je lui dis que, s'il lisait attentivement les rapports, il verrait que j'avais toujours eu un excellent taux de présence jusqu'à maintenant. Ce n'est pas tout à fait exact, n'est-ce pas ? dit-il en souriant, avec sa lèvre inférieure surtout. Excellent n'est pas le terme que nous utiliserions si nous voulions être précis. Alors, je me mis à jacasser pour lui dire que les choses étaient en train de s'arranger. J'étais revenue dans le droit chemin. Nous l'espérons tous, répondit-il d'un ton neutre. Car, comme je vous l'ai indiqué au début de cette conversation, il s'agit de votre premier avertissement officiel. Il y eut encore d'autres blablabla pendant que je sortais du bureau à reculons. Merci beaucoup, dis-je en fermant la porte. C'était peut-être un véritable entretien, pensai-je.

Aux toilettes, Alison me conseilla de faire attention. Tu n'as pas l'air de comprendre, dit-elle, après que je lui eus expliqué ma théorie du comédien/chef de service/décor de théâtre. Tu risques de perdre ta place. Et ensuite ? Je ne sais pas, dis-je, mais relax. Je lui dis qu'elle s'inquiétait trop. Tout va s'arranger. Comme toujours. Des fois, répondit-elle, ça ne s'arrange pas. Est-ce qu'une créature extraterrestre t'a aspiré le cerveau par l'oreille pendant que tu dormais ? Elle semblait véritablement abattue. Tu es fâchée après moi, Alison ? J'ai dit une chose qu'il ne fallait pas ? Petite idiote, soupira-t-elle, bien sûr que non. Je dis juste que, pour commencer, tu dois cesser de t'absenter. Promets-moi ça au moins.

Je pris peur soudain. Je me sentis frissonner. Non, ne pleure pas, pauvre nouille. Elle parlait d'un ton brusque, comme un professeur qui rend des devoirs de maths pathétiques. Ressaisis-toi. Elle me donna un mouchoir en papier, puis me le reprit pour m'essuyer le visage. Franchement, sur quelle planète tu vis ? La planète Je-crois-que-je-n'ai-aucun-espoir, répondis-je. Eh bien, redescends sur terre. Et elle me serra dans ses bras. Tu es un sacré boulet en ce moment. Ah bon ? dis-je.

Comme c'était l'heure du déjeuner, on alla dans un café en ville. Je ne trouvais plus mon porte-monnaie, alors Alison m'offrit une soupe et un petit pain. Je veux que tu manges tout, dit-elle en avalant sa propre soupe. Tu es trop maigre. Je lui expliquai que je semblais incapable de faire quoi que ce soit. Mais si, tu peux, dit-elle en brisant mon petit pain en deux pour le beurrer. Il suffit de te concentrer. Et de manger. Alison n'était pas comme d'habitude avec moi. J'ai l'impression que tu es un peu insensible, lui dis-je. Je me bats, tu sais. Oui, la vie est dure, mon canard. On se bat tous. C'est de la sévérité affectueuse, dit-elle trempant son pain dans la soupe. *L'amouro duro*, baby. C'est ce qu'il te faut. Tout le monde pense comme moi.

Je me levai, sans hausser la voix. Depuis quand tu sais tout ce qu'il me faut ? Tout le monde ? C'est qui, tout le monde ? Je sentais que mon ton montait. Toi, Tom et les gamins cauchemardesques ? Ces feignasses stupides au boulot avec leurs bedaines et leurs moustaches ? criai-je. Nom de Dieu, saleté d'Alison, pensai-je. Je la regardais, assise là, en train de téter des morceaux de pain détrempés. Je suppose que le bébé t'a dit ce qui était bon pour moi, lui aussi ? Je regrettai d'avoir évoqué le bébé. Il avait le droit de donner son avis.

Peu importe, dit-elle en agitant la main langoureusement, sans cesser de mâchonner d'un air suffisant. Alison, dis-je, tu sais que dalle. Ça faisait du bien de prononcer ces mots. Sur ce, je m'en allai. Elle me lança : ce n'est pas la peine de m'expliquer les blessures du bébé, ni de t'excuser. Je suis sûre que tu ne l'as pas fait exprès, comme d'habitude. Oh, et merci pour la bougie et le petit coussin, *très, très chic*[1]. Je revins à notre table. Apparemment, ça ne sert à rien de te faire des cadeaux, dis-je. Mais je dus lui avouer combien j'étais désolée pour le pauvre bébé chéri. Elle ne répondit pas que ce n'était rien; elle continua à faire du bruit en mangeant sa soupe écœurante.

J'errai en ville en songeant à l'ingratitude d'Alison; elle ne comprenait rien, ni à moi ni à ma situation. Sans doute parce que ma vie était étrange et excitante, alors que la sienne était terne et sans histoires. Mais, en même temps, je savais que je ne comprenais pas non plus et que, dernièrement, j'étais comme un ballon crevé qui tourbillonne dans une fête à laquelle je n'avais même pas été invitée, en produisant un bruit un peu gênant. Alors, franchement, comment Alison pouvait-elle connaître toutes les réponses ? Je ne pouvais lui en vouloir de se désintéresser de moi. Moi-même, je me faisais mourir d'ennui. C'était épuisant, tout ça. Je savais que je devais retourner au travail, mais

1. En français dans le texte.

j'attendais, mon portable à la main. J'allais adresser de plates excuses à Alison quand, par miracle, il m'envoya un texto : juste une adresse, suivie du mot *MAINTENANT*.

Je courus jusqu'à ma voiture et démarrai. Je me sentais ultra-vivante alors que je zigzaguais au milieu de la circulation. Et je me retrouvai à l'entrée d'une résidence à l'aspect chic. Il commanda l'ouverture de la porte du bas, et je pris l'ascenseur moquetté qui m'emporta dans les airs sans bruit. Il m'attendait. Je me jetai dans ses bras telle l'héroïne d'un roman sentimental sirupeux. Je lui parlai aussitôt d'Alison et de l'entretien, mais il m'embrassa. Oublie cette sinistre connasse, dit-il, et ce branleur du service du personnel. C'est deux minables. Entre. L'appartement était élégant, avec d'immenses fenêtres. Dehors, des mouettes à la silhouette bien nette planaient et viraient sur l'aile. Magnifique, commentai-je. C'est chez toi ? Je repensai à la maison moche avec le carreau cassé. Toi et tes petites questions, dit-il en me tapotant le bout du nez d'un air espiègle. Qu'est-ce que tu veux boire ?

J'optai pour un Baileys. Je voulais quelque chose de sucré et de réconfortant. Je reniflai l'alcool crémeux. Allez, vide ton verre, dit-il en rôdant autour de moi. Ses pieds nus laissaient des empreintes dans la moquette épaisse. Bon, pour commencer, il y a beaucoup trop de lumière ici, dit-il et il alla tripoter un panneau de contrôle. Les rideaux se fermèrent. J'étais triste de ne plus voir les mouettes. Maintenant, on peut se détendre et se soûler, dit-il. Tu es d'accord ? Oui, dis-je. J'étais d'accord.

Le Baileys était chaud, je le sentais couler dans mon sang, voyager dans mes membres, alourdir mes jambes et les faire flageoler. Tous les nœuds se défaisaient. Une lampe était allumée sur une petite table en verre. Il se renversa dans l'immense canapé en daim. Enlève ces horribles collants, dit-il, et détends-toi. Je me redressai sur les coussins, et il posa mes pieds sur ses genoux. Sa peau paraissait veloutée et dorée dans la lumière de la lampe. Tu as de jolis pieds, dit-il, et il les embrassa. Il massa la voûte plantaire, je me rallongeai en fermant les yeux. Continue à boire, dit-il. La zone douloureuse, coincée, entre mes omoplates se liquéfia. À la place, c'était comme si quelque chose de chaud et de lourd dévalait ma colonne vertébrale.

Au bout d'un moment, il me demanda de me déshabiller. De me mettre debout devant lui. Mes vêtements glissèrent sur le sol. Il me fit signe de les lui donner. Il choisit ma culotte et y enfouit son visage. Tu devrais aller prendre une douche, dit-il. Il buvait du whisky. Je portai à mes lèvres le gros verre qu'il m'avait resservi. J'étais entièrement entre ses mains. Tu peux me faire tout ce que tu veux, dis-je. Je sais, répondit-il, et il m'entraîna dans la salle de bains. Il m'aida à entrer sous la douche et fit couler l'eau. Il régla la température.

Maintenant, lave-toi bien et n'oublie pas les cheveux.

Je m'aspergeai de toutes sortes de produits délicieux en puisant dans les flacons alignés sur une étagère en verre. L'eau chaude, l'alcool, le parfum de la vapeur de la douche, le fait d'être avec lui, tout cela m'emmena ailleurs. En coupant l'eau, j'entendis de la musique dans le salon. J'étais en train de me sécher quand il revint dans la salle de bains. Il urina dans le lavabo, puis me dit de retourner sous la douche. Tu peux me laver maintenant. Je versai le contenu d'un des flacons sur ses épaules et entrepris de savonner son torse et son ventre. Sous les côtes, à gauche, il avait une cicatrice, encore un peu rouge, qui ressemblait presque à une fleur. Une légère altercation, expliqua-t-il. Quand je la touchai, il repoussa ma main. Le haut de ma tête arrivait à la hauteur de ses mamelons. Je les suçai jusqu'à ce qu'ils se dressent. Il garda les yeux fermés et sirota son whisky. C'était merveilleux. Et ma queue, dit-il avec un sourire.

On s'essuya mutuellement et on choisit des parfums. Il me conduisit dans une autre pièce, attenante à la salle de bains, et me fit asseoir devant le miroir d'une coiffeuse. Il me sécha les cheveux, puis les brossa jusqu'à ce qu'ils crépitent d'électricité statique. Son corps mouillé et hâlé de manière uniforme avait quelque chose d'irréel. Je suis doué pour ça, dit-il, et il ramena mes cheveux en un épais chignon. Dont il se servit pour me tirer la tête en arrière. Je sentais la tension dans mon cou. Essaie de déglutir, dit-il. Tu ne peux pas, hein ? Je regardai son reflet dans le miroir. Il ricana et empoigna son pénis dressé, en faisant aller et venir sa main. Lâchant mes cheveux, il pressa mes seins pour me faire crier. Moi, je trouve ça super bon, chuchota-t-il. Dis-moi ce que ça te fait. Tu veux que je recommence ? Planté derrière moi, il reprit mes seins. Et les tordit dans ses poings. Je sentais son sexe entre mes omoplates. Dis-moi si tu veux que j'arrête. Mais je ne dis rien. Salope. Tu jouis déjà ?

J'adorais nous voir dans la glace. On ressemblait à des personnages dans un film. Je veux que tu mettes ça, dit-il, et il attacha un bandeau satiné devant mes yeux. Ça va ? Les yeux bandés, je me sentais rassérénée. Il me ramena dans le salon et m'aida à m'asseoir sur ce qui semblait être une chaise de salle à manger. Il positionna mes bras et mes jambes. Je me sers de tes collants pour t'attacher, dit-il. Je l'entendis les déchirer. Je sentis qu'il enroulait la matière légère autour de mes chevilles, puis des pieds de la chaise. Il écarta mes genoux. Ce n'est pas trop serré ? Essaie de bouger. Maintenant, je vais t'attacher les mains dans le dos. Bois un coup. Il porta le verre à mes lèvres, et un peu de Baileys coula sur mes seins nus. Je lui dis que j'avais mal aux bras, mais il ne répondit pas. Tu vas me baiser maintenant ? demandai-je. Toujours des questions, dit-il et il me donna une gifle brutale. Je reviens tout de suite.

J'attendis. Il avait mis du jazz, une musique que je ne comprenais pas. Je me sentais totalement seule, et consciente de tout ce qui m'entourait, de mon corps affaibli et mou. Mais quelque part à l'intérieur de mes côtes, ou de mon bassin, j'étais intensément contractée et tremblante, de manière presque douloureuse. Quand il revint, son humeur avait changé, je le sentis aussitôt. Ses mains tremblaient, son souffle était haletant. Je lui dis que je devais aller aux toilettes. Il me tira les cheveux en ôtant le bandeau. J'avais l'impression que le tissu avait fondu sur mon visage et qu'il m'arrachait la peau. Je gardai les yeux fermés.

Tu as pris quelque chose ? demandai-je. Pas maintenant, bordel, dit-il. Nom de Dieu, tu ne vas pas recommencer à jacasser. Il me fourra ma culotte dans la bouche. Je demeurai parfaitement immobile pendant qu'il commençait à me faire des choses. Des larmes coulèrent du coin de mes yeux. Je l'entendais grogner. Il me faisait mal, mais je n'émettais aucun son. Je ne le regardais pas.

Je sentis qu'il me détachait. Il respirait vite. Il m'obligea à m'allonger par terre, avec un coussin sous les reins, et il ôta la petite boule de tissu humide de ma bouche. Il se planta au-dessus de moi, et je m'obligeai à le regarder. Son corps luisait de sueur, ses côtes saillaient, son ventre pendait. Sa mâchoire semblait puissante. Il avait des petites bulles de bave aux commissures des lèvres. On n'apercevait que le blanc de ses yeux, et j'étais certaine qu'il ne me voyait pas. Je prononçai son nom, mais il ne m'entendit pas. Il tenait à la main un godemiché noir et brillant. Je remarquai que son érection avait disparu, et il essayait de la faire renaître en se parlant à voix basse. Il s'agenouilla entre mes cuisses. Si tu cries, je te tue. Je jure que je te tue.

J'entendis un martèlement. Quelqu'un frappait à la porte, mais cela semblait faire partie de ce que je ressentais. Impossible à dire. Il se releva d'un bond quand les lumières s'allumèrent. Deux hommes étaient apparus dans la pièce. J'étais couchée par terre, avec cette chose toujours en moi. Un des hommes s'avança rapidement et lui décocha un coup de poing, mais il chancela à peine. Tous les trois s'observèrent, prêts à bondir. L'autre homme dit : je t'avais interdit de remettre les pieds ici, ordure. Il se tenait entre eux, nu. Soudain, il passa le bras autour de l'homme qui l'avait frappé et l'attira contre lui. Il riait et dansait sur place. Ne recommence jamais ça, chuchota-t-il dans ses cheveux. Ils semblaient se méfier de lui. L'un des deux hommes me donna un petit coup de pied. C'est quoi, ça, vilain garçon ? demanda-t-il. Rien, répondit-il. Ils rirent aux éclats et disparurent dans la cuisine. J'entendis l'un des types lui ordonner de se rhabiller. On aurait dit qu'ils se mettaient à cuisiner quelque chose. Au bout d'un moment, il s'adressa à moi en braillant. Lève-toi. Ton taxi sera là dans cinq minutes.

Je ne parle pas aux animaux

Le taxi repartit. Je remontai l'allée du jardin. Ma maison n'avait pas changé. Pourtant, j'eus du mal à introduire la clé dans la serrure. Je vérifiai que j'étais dans la bonne rue ; peut-être que je m'étais trompée. Mais la clé tourna enfin. Je laissai la porte s'ouvrir. Il y avait un message sur le répondeur. Ce fut la première chose que je vis : mon stupide répondeur sur la table de l'entrée. Allumée-éteinte, allumée-éteinte… Je regardai la lumière rouge clignoter comme un troisième œil défaillant. Il me fallut un certain temps pour comprendre ce que signifiait cette petite lumière. Le rouge était synonyme de danger, assurément. Ou de souffrance. Je n'avais pas la force d'écouter, de toute façon, alors je passai devant sans m'arrêter et entrai dans la cuisine.

Je la trouvai charmante. Toutes ces choses que j'avais achetées. Cela me fit rire. J'avais l'impression que tous mes os avaient été broyés comme du gravier, mon squelette réduit à des éclats de schiste. Comment réussissais-je à me tenir debout ?

Ce n'était pas possible. Et pourtant, si. L'incroyable fille incassable ! Si j'avais eu l'énergie suffisante pour sauter sur place, j'aurais sans doute imité le bruit d'une boîte de pois séchés. J'avais devant moi toutes ces choses que j'avais choisies. C'était tragique, en vérité. Je pris ma bouilloire et me souvins que, juste après l'avoir achetée, je n'arrêtais pas de la remplir d'eau et de la mettre en marche. Uniquement pour entendre son sifflement adorable. Semblable à celui que produirait la bouilloire d'une mamie dans la cuisine d'une mamie grassouillette qui faisait cuire des gâteaux. Mon reflet sur sa surface brillante avait un énorme nez tombant et de minuscules yeux plissés. Ravissant.

Une chose terrible m'est arrivée, murmurai-je, debout dans la cuisine. C'était comme un décor de cinéma. La cuisine d'une femme bien, de toute évidence. J'imaginais ses enfants adorables rentrant de l'école en agitant leurs devoirs notés vingt sur vingt. Avides de bons repas faits maison et vitaminés. Puis son mari musclé. Peut-être qu'il la basculerait sur l'évier pour introduire son énorme zob dans sa fouffe. Bang, bang, bang et *boum* ! Ses cheveux soyeux se balanceraient doucement. Et pendant tout ce temps, elle remuerait une délicieuse préparation sur le feu, peut-être même qu'elle nourrirait le hamster. Mais assez, me dis-je. On s'en fiche de cette stupide bonne femme. J'ai vécu quelque chose d'affreux et de grave. Quelque chose d'horrible et de mal, assurément. À moins que ce ne soit merveilleux. Impossible à dire pour l'instant.

Puis je commençai à sentir enfler dans ma poitrine un ballon rose de pur bonheur, alors je m'assis et je ris jusqu'à ce qu'il monte dans ma tête. Ce ballon était un baromètre ; je savais qu'il me montrait des choses. Alors, je me concentrai sur la façon dont il se déplaçait pour remplir chaque cavité, chaque étagère à l'intérieur de mon crâne, et pendant ce temps, je regardais le soir tomber dans le jardin. Par la fenêtre de la cuisine, j'apercevais ma table et mes chaises en fer forgé tranquillement installées dans le patio. Un chat gris et maigre que je n'avais jamais vu sauta sur la table et scruta le jardin, puis se retourna vers la maison. Je me demandais s'il me voyait. Je détestais ce chat assis sur ma table, avec son air satisfait, mais je ne pouvais rien faire. Au-delà du chat, je distinguais, à l'extrémité de la pelouse, mes roses crème semblables à des lampes miniatures au milieu des haies enchevêtrées qui s'assombrissaient.

À l'horizon, les collines attendaient que le soir les atteigne. Je savais que ma maison se repliait sur moi, telle une coquille pelucheuse qui se referme lentement. Et je serais la créature sans peau recroquevillée à l'intérieur. J'y serais à l'abri. Soudain, je sentis une brise fraîche en provenance de l'entrée. Je me précipitai vers la porte. Elle était grande ouverte. Comment avais-je pu oublier de la fermer ? Comment avais-je pu faire une chose pareille ? Ça ne m'arrivait jamais.

Le chat gris, assis sur le perron, me regardait fixement. File ! Du balai ! criai-je. Il ne bougea pas. Ses yeux avaient la couleur de grains de raisin pâles. Son pelage et le ciel au-dessus des maisons avaient exactement la même couleur. Ce chat était peut-être le soir, venu me bénir, m'aider à me reposer, pensai-je. Non, ce n'était pas possible ; j'avais toujours eu peur des chats. Alors, je le repoussai du pied, sans violence, juste fermement, mais il resta assis et continua à me regarder. Je claquai la porte et la fermai à clé. Puis je me penchai pour regarder par la fente de la boîte aux lettres. Le chat s'éloignait dans l'allée en remuant la queue. Alors que je l'observais, accroupie, j'éprouvai un sentiment de dépit : j'avais refusé un abri à un animal inoffensif. N'était-ce pas la preuve que j'étais réellement une personne froide ? Je regrettais de ne pas lui avoir demandé d'entrer. J'aurais peut-être pu donner un peu de lait à cette pauvre créature. Ça aurait été agréable de l'entendre ronronner, roulé en boule autour de mes jambes sur le canapé.

Je m'allongeai sous un plaid qui servait habituellement de décoration sur le dossier du canapé. J'allumai la télé et passai d'une chaîne à l'autre. C'était incroyable : on aurait dit qu'elles parlaient toutes de moi. Certains aspects de ma vie stupide étaient examinés. Les photos qu'elles montraient ne me ressemblaient pas, évidemment, mais je savais ce qui se passait. Ils devaient être en manque de matériel. Des spécialistes à l'air sérieux, barbus, donnaient leur avis. Dans l'ensemble, ils voyaient juste. Je me sentais gagnée par le sommeil sous le plaid chaud. C'était comme si le chat aux yeux vert raisin vibrait contre moi.

Puis quelqu'un cogna à la fenêtre du salon. Je me dis que c'était peut-être lui. Venu me dire qu'il m'aimait. Je me levai. La personne avait plaqué ses mains sur les carreaux pour essayer de voir à l'intérieur. Mais il faisait sombre dans la pièce, et j'étais invisible. À pas feutrés, je m'approchai de la porte et tendis l'oreille. Quelqu'un se tenait sur le seuil. Je le voyais à travers le verre dépoli, s'adressant à la personne qui faisait tout ce raffut. Je compris qu'il s'agissait de mes parents, et je leur ouvris.

Qu'est-ce qui t'est arrivé ? demanda ma mère, mais elle ne semblait pas vraiment attendre de réponse. Ils étaient un peu nerveux. Mon père m'annonça que grand-mère était malade. Ils venaient me chercher pour me conduire à l'hôpital. Je pris mon manteau. Je pense que tu devrais aller t'arranger un peu, ma chérie, dit ma mère. Change-toi, coiffe-toi. Tu fais peur à voir.

Alors que je gravissais péniblement l'escalier, j'entendis ma mère demander où était la bouilloire. J'avais envie de redescendre en courant pour leur crier de ne pas toucher à ma bouilloire. De foutre le camp de chez moi en emportant leurs stupides filets à provisions, leurs putains de lunettes à double foyer et leurs épouvantables vestes en polaire assorties. Je me sentais au-delà de toutes ces conneries, désormais. Bientôt je laisserais tout ça derrière moi. Il n'y a pas vraiment urgence, ma chérie, me cria ma mère. Je suis sûre que grand-mère va s'en remettre, ne t'inquiète pas. Comme toujours. Je vais te faire une tasse de thé, et peut-être un petit sandwich, hein ? Elle ouvrait et fermait les placards en parlant. Ou un biscuit ? Bang ! fit une porte de placard. Non, je sais, je vais te préparer un bon œuf à la coque avec des mouillettes. Tu adores ça. Je me laissai tomber sur la marche du haut et pleurai en silence. J'aimais les bruits qui montaient de la cuisine : les tasses qui s'entrechoquent, les tiroirs qui s'ouvrent, le sifflement de ma bouilloire. Oui, merci, maman, lui criai-je.

Mon timing est mortel

Assise à l'arrière de la voiture, j'écoutais mes parents. Ils discutaient du meilleur itinéraire pour se rendre à l'hôpital. J'avais une violente migraine, et leur conversation était comme une pluie fine qui tombait sur le toit brûlant de ma tête. J'agrippai la poignée de la portière et vérifiai que ma ceinture était bouclée. Le tissu du siège était rêche et chaud. Je promenai mes mains sur la plus grande surface possible. Je voulais me sentir véritablement là. Véritablement avec mes parents, dans leur voiture bien propre, avec la boîte en fer remplie de bonbons aux fruits enrobés de sucre glace sur le tableau de bord, à sa place. J'avais envie d'éclater de rire en pensant à cette boîte de bonbons.

Qu'est-ce qui se passe ? demanda ma mère. J'inspecte votre voiture, c'est tout, dis-je, et je me calai au fond du siège, en essayant de penser à ma grand-mère en train de mourir. Peut-être avait-elle déjà cassé sa pipe. Fut un temps où la perspective de sa mort m'aurait rendue hystérique. Maintenant, ça ressemblait à une info entendue à la radio. Une chose qui arrivait à quelqu'un que je ne connaissais pas, dans un pays où je ne mettrais jamais les pieds. Je faillis descendre de voiture quand on s'arrêta à un feu rouge ; j'avais tellement de choses à régler.

Toutefois, je ne trouvais pas ça bien, cette indifférence. J'essayai d'attiser quelques sentiments, mais ma poitrine était totalement, absolument sèche, aussi vide qu'une poubelle au fond de laquelle gisait mon pauvre cœur minuscule, semblable à une canette de Coca écrasée. Plus j'y pensais, plus la scène s'assombrissait. Non, pas une poubelle, plutôt un vaste gouffre aux parois abruptes. À mi-pente, je voyais des mouettes tournoyer. Leurs cris déments montaient en spirale, portés par les bourrasques. Je me mis à sangloter. Mon père me regarda dans le rétroviseur. Pauvre trésor, dit-il, je sais que tu adorais ta grand-mère, mais elle est plus que prête à s'en aller. L'heure a sonné. Ma mère se dévissa le cou pour me regarder et acquiesça, en plissant les paupières. Oh, tout va bien, alors, dis-je. Vous êtes des devins tous les deux. Vous décidez quand le moment est venu de débrancher le patient ? Allons, dit mon père, tu es bouleversée, c'est compréhensible. Je les vis échanger un regard.

Dès qu'on pénétra dans l'hôpital, je me sentis mal. Les visages de clopeuses des infirmières à la mine sévère, qui ne m'avaient jamais trompée ; les malades dans leurs centaines de chambres, qui respiraient et exsudaient des trucs dans leurs draps ; l'air chaud chargé de particules de peau morte. Je pensai aux alignements de chariots remplis de nourriture tiède écœurante qui roulaient bruyamment. Aux égouts obstrués par toutes sortes de masses dégueulasses. Je dus prendre sur moi pour suivre mes parents dans les couloirs sans fin jusqu'à la salle commune de grand-mère.

Je comptai six lits, tous occupés. Autant que je pouvais en juger, tout le monde semblait mort. On avait tiré les rideaux autour d'un des lits. Par un interstice, j'aperçus un groupe de gens assis et muets. Il fallut une éternité à mon père et à ma mère pour trouver des chaises, puis on se rassembla autour de grand-mère. Son corps formait à peine une bosse sous les draps. Je demandai à ma mère si c'était le bon lit. Ne sois pas bête, me répondit-elle en tenant la main de grand-mère. J'avais un doute. Je ne la reconnaissais pas. Le nez était beaucoup trop gros. Et cette bouche ne me disait rien. Mais elle portait les bagues de grand-mère.

Un petit homme à l'aspect élégant était assis dans un fauteuil en face de nous. Il possédait une crinière d'épais cheveux d'une blancheur étonnante, coiffés en arrière. Je ne pouvais pas m'empêcher de le regarder. Il avait croisé les jambes, et ses bras reposaient délicatement sur ses genoux. Il sourit et m'adressa un signe de tête. Arrête de regarder ailleurs, me glissa ma mère. On est ici pour grand-mère, franchement. J'essayai d'être attentive, mais il ne se passait rien. Je ne savais pas si je devais respirer par le nez ou par la bouche. Les deux me paraissaient risqués.

Derrière les rideaux fleuris, il se produisit soudain une certaine agitation. Et il y eut un son étrange, guttural, obscène, accompagné de sanglots et de murmures. Quelqu'un appuya sur une sonnette et deux infirmières accoururent. On aurait dit qu'elles avaient mangé des chocolats, pensai-je. Ne regarde pas, me dit ma mère. Les rideaux se soulevèrent et se gonflèrent, comme si quelqu'un se battait de l'autre côté. Un énorme rot, incroyablement long, retentit, puis ce fut le silence. Les infirmières réapparurent en remettant de l'ordre dans leurs uniformes froissés. Il nous a quittés, annoncèrent-elle à toute la salle. Le vieux bonhomme élégant hocha la tête et sourit quand elles ressortirent. C'est un asile de fous ici, dis-je. Ça me prend la tête, tout ça. J'ai besoin d'air. Reste ici, dit mon père. Il pointa le doigt sur moi. Il n'y a pas que toi qui comptes. Je ne dis rien, mais je trouvais ça un peu cruel.

Les heures s'écoulèrent. On but du thé. Grand-mère remuait les lèvres et triturait ses draps. Ma mère essayait d'écouter. Je lui demandai ce qu'elle disait. Rien que les caquètements habituels, hélas. Elle avait toujours adoré les poules, évidemment. Je me souviens qu'elle me l'avait dit. Elle caressa la joue de grand-mère en lui souriant de manière exagérée, comme on le fait avec les bébés. Tu les gardais quand tu étais enfant, hein, maman ? beugla ma mère. Mon père la prit par les épaules, et, tous les deux, ils observèrent grand-mère. Pauvre canard, dit-il. Ce qui risquait de la perturber, pensai-je, vu qu'elle était obnubilée par les poules.

Le vieil homme était toujours assis dans son fauteuil, d'un air majestueux. Je ne pouvais pas m'empêcher de l'étudier. Il ne semblait pas du tout malade. Il commença à s'agiter et à ricaner. Voyant que je le regardais, il me fit signe d'approcher. Au début, je décidai de l'ignorer, mais il semblait si gentil et souriant que je me levai pour traverser la salle.

Quand je fus près de lui, il me saisit par le bras pour m'attirer au niveau de son regard ; il décroisa les jambes et me montra son bas-ventre. De grandes taches brunes s'élargissaient. Une substance liquide plus épaisse que de l'urine tomba sur le linoléum à côté de ma sandale. La puanteur était stupéfiante. Presque visible. Elle me submergea. J'en avais les larmes aux yeux et je suffoquais. Je voulus appeler mes parents, mais ils étaient penchés au-dessus de grand-mère. Le vieil homme rit quand je libérai mon bras d'un mouvement brusque pour me précipiter dans le couloir. Je vomis mon œuf à la coque et les mouillettes sur le chemin des toilettes.

J'y restai aussi longtemps que possible, en m'aspergeant le visage et le cou d'eau froide, puis je lavai et relavai mes mains. J'ôtai mes sandales et fus prise d'un haut-le-cœur en plongeant les pieds dans le lavabo : la merde du vieil homme avait éclaboussé mon gros orteil. Je croquai quelques pastilles de menthe trouvées dans mon sac. Je demeurai longtemps assise sur les toilettes. Il fallait absolument que je fasse pipi, mais je n'y arrivais pas. Ça me brûlait, ça me faisait mal. Je savais que j'avais besoin de m'allonger dans un bain frais et de m'occuper de moi correctement. Est-ce que je saignais ? Mes seins étaient sensibles. Finalement, je retournai dans la salle. Quelqu'un avait nettoyé le vomi dans le couloir. Les rideaux étaient tirés autour du lit de grand-mère. Je les écartai. Où étais-tu passée ? me demanda mon père. Elle est morte.

Je douche la réalité

J'eus droit à un congé pour raisons de famille, c'était donc un plus. Même si l'idée que le type avec des cochons sur les chaussettes et des pâtés en croûte aux pieds puisse se montrer compatissant me donnait envie de hurler de rire. L'enterrement se passa bien. Un tas de gens que je ne reconnaissais pas grouillaient dans la maison de mes parents. Alcool et saucisses à volonté, que demande le peuple ? Mais impossible de me concentrer sur le buffet. J'entrevis Alison et Tom à plusieurs reprises, c'était chouette, mais, curieusement, je ne réussis pas à m'en approcher. J'en vins à croire que les gens nous séparaient délibérément.

Le mieux, constatai-je, c'était de marcher lentement en rond au milieu de la foule avec un verre rempli et une assiette pleine. Comme ça, personne ne vous embêtait. Ce qui n'empêchait pas un tas de gens de m'étreindre et de m'embrasser. Toujours les mêmes : de vieux amis que mes parents cachaient sans doute sous l'escalier et qui, sortis dans les grandes occasions, en profitaient pour peloter les filles. Je ne pouvais pas vraiment leur en vouloir. Ils m'affirmèrent que ma grand-mère m'aimait beaucoup. Qu'elle était fière de moi. Un individu grotesque me confia, tout en malaxant mes fesses dans sa vieille main noueuse, que j'étais le rayon de soleil de grand-mère. Je ne pus réprimer un rire. Mais, dans l'ensemble, je ne savais pas comment arranger mon visage, alors je faisais semblant de pleurer. Ils décampaient aussitôt.

Finalement, je tombai sur Alison, et on alla s'asseoir sur un banc dans la charmille, semblable à une caverne. Les roses avaient poussé par-dessus le toit. Des pétales pâles pleuvaient sur nous. Le parfum était enivrant. Frais et secret. Le jardin de tes parents est fabuleux, dit Alison, et elle passa son bras autour du mien. Dommage qu'on ne puisse pas en dire autant de leurs amis morbides, répondis-je. Certains sont très gentils, souligna-t-elle. Je lui dis qu'à l'abri de ces drôles de vieilles haies on avait l'impression que rien de grave ne pouvait arriver. Alors même que je prononçais ces paroles, je savais que c'était faux. Oui, mais hélas, ce n'est pas vrai, dit Alison. Ça devrait l'être, mais ça ne l'est pas. C'est un des trucs que j'aime chez Alison. Elle formule des choses que je pense. C'était devenu rare ces derniers temps. Alison, dis-je, tu es futée et adorable. Je sais, répondit-elle. Est-ce qu'on peut redevenir amies maintenant ? demandai-je. On est toujours amies, idiote. Elle voulut savoir comment j'allais.

Je ne suis pas ta mère, c'est juste que je m'inquiète pour toi. Blablabla, dis-je.

J'étais affreusement agitée. Tu cherches qui ? me demanda Alison. Tu n'arrêtes pas de tourner la tête dans tous les sens. Ah bon ? dis-je. C'était étonnant et effrayant ; pourquoi faisais-je une chose pareille ? Faisais-je d'autres choses sans le savoir ? Je regardai Alison avec sa jolie robe de deuil, ses cheveux brillants et son habituelle queue de cheval. Il y avait tant de choses à dire, et rien du tout en même temps. De toute façon, étant donné que c'était l'enterrement de ma grand-mère, je ne pouvais rien lui dire. Le moment semblait mal choisi. Je repris le jeu auquel on jouait depuis toujours. Je savais qu'elle ne pourrait pas résister, et, bien entendu, très vite on se mit à ricaner en se récitant des passages de chansons ringardes. Peut-être qu'on devrait arrêter de glousser, dit Alison. Un peu de tenue, jeune fille. C'est un enterrement.

On décida de faire le tour du jardin. Je voulais examiner les tipis formés par les plants de haricots. On s'accorda à dire que les légumes étaient beaux et apaisants. Je me souvenais de ma dernière visite. J'entendais presque les glaçons tinter dans le gin tonic de ma mère. Je m'étais endormie sur le banc près du fenouil bronze. Il y avait eu cette histoire de bouquet de menthe, quand je m'étais sentie arrachée à quelque chose. Ça y est, tu recommences, dit Alison en me montrant du doigt. Là, maintenant. Je ne vois pas de quoi tu parles, franchement, dis-je. Je te trouve bizarre, ajouta-t-elle. Sur les nerfs. Tu attends qui ? M. Personne, peut-être, dis-je. Alison décida de partir à la recherche de Tom. Elle voulait prendre des nouvelles de mes parents.

Quelques invités s'en allaient. Je montai dans mon ancienne chambre et m'allongeai sur le lit. Dans le tiroir du haut de la table de chevet se trouvaient mes journaux intimes. Je les sortis et commençai à les lire. Apparemment, j'avais consigné avec soin tous les repas de l'école. Et des listes de cadeaux d'anniversaire et de Noël, des listes de livres lus et de mes interminables promenades. C'était ennuyeux et adorable d'une certaine façon. Il y avait aussi un tas de pages codées. Je savais de quoi elles parlaient. Ce n'était pas mignon du tout. Très ennuyeux, en revanche, et un peu pathétique, comme souvent ces choses-là. Je rangeai les journaux intimes. Avais-je toujours été aussi idiote ? Je m'endormis.

Quand je me réveillai, c'était le soir. J'entendais encore des murmures dehors. Je descendis dans le jardin où d'autres amis intimes de mes parents, supposai-je, étaient assis autour d'une table. Alison et Tom étaient là. Un parasol avait éclos ; ses bords frangés tremblotaient. L'ambiance semblait enjouée. Visiblement, ils buvaient depuis un moment déjà. La lumière douce du soleil flamboyait dans les verres roses. Alors, on s'amuse ? demandai-je à ma mère. Quelqu'un me trouva une chaise, et je me joignis à eux. Ils parlaient des grandes vacances. Tout le monde racontait des souvenirs de moments heureux. La remarque la plus insipide les faisait éclater de rire. J'observai un petit oiseau échevelé qui picorait une chips. Ses griffes rêches produisaient un bruissement sur la table métallique. Je sentais les larmes naître dans mes yeux ; ce petit oiseau était si heureux avec son repas. Je me réjouissais qu'il ne s'intéresse pas à nous. Cela relativisait les choses. Alors, je me détendis et me laissai aller, en buvant du vin glacé. Je commençais à me sentir béate.

Soudain, il y eut de l'agitation près du portail de derrière. Quelqu'un criait. On aurait dit mon père, ce qui était inhabituel. Tom et deux autres hommes de la table se levèrent et se dirigèrent vers l'origine du bruit. Maman plissa les paupières pour voir ce qui se passait, tandis que je me resservais du vin, puis elle me regarda en faisant un geste avec son verre. Vas-tu me dire qui ça peut bien être ? demanda-t-elle. Elle se tourna vers Alison et déglutit bruyamment. On ne sait pas quoi faire, confia-t-elle dans le cou d'Alison. Son papa et moi, on est dépassés. Je crois qu'elle pleurait. Alison la prit par les épaules et me lança un regard. Son vin se renversa sur le chemisier Marks & Spencer à fronces de ma mère. Ça a un rapport avec toi, tout ça ? demanda-t-elle. Peut-être, dis-je, et je bus une gorgée de vin en me tournant vers les hommes qui se battaient. Il émergea du petit groupe burlesque, traversa la pelouse en courant, bille en tête, et s'écroula à mes pieds. Une de ses tongs s'envola. Mon père marcha lentement vers nous, en traînant derrière lui un tuyau d'arrosage qui crachotait.

Exception faite des reptations du tuyau et du sifflement de l'eau, le silence régnait dans le jardin. Tout le reste était immobile. Je me tournai vers Alison, mais, pour une raison quelconque, j'étais incapable de soutenir son regard. Que se passe-t-il ? demanda-t-elle à voix basse en tendant la main par-dessus la table pour me secouer le bras délicatement. Je ne pouvais pas répondre, car il était là, affalé dans l'herbe, en ayant l'air d'être chez lui. Je suis venu te chercher, dit-il avec un large sourire. Son T-shirt était mouillé. D'un mouvement d'épaule je repoussai la main d'Alison pour le regarder en face. Il se leva d'un bond et exécuta un poirier parfait. Je ne pus m'empêcher d'applaudir.

Mon père ne t'a pas aspergé, j'espère, dis-je, pendant qu'il se remettait debout avec légèreté. Pliée en deux de rire, j'avais du mal à parler. Mon père enroula le tuyau et cria : Si, parfaitement ! Et il brandit l'embout à la manière d'un pistolet. J'avais de la peine pour mon pauvre vieux papa, avec son front rouge et transpirant, ses touffes de cheveux clairsemées. En même temps, c'était hilarant et enthousiasmant. Pourquoi tu as fait ça, papa ? demandai-je. Parce que cette personne n'est pas la bienvenue ici, dit-il, moins fort cette fois, en pointant de nouveau le tuyau. Je veux que tu lui dises de s'en aller. Je pense que ce serait préférable.

Ma mère émit une sorte de sanglot poussif. Elle avait remis ça. Elle trempait la jolie robe d'Alison. Détends-toi, maman, dis-je. Pourquoi est-ce que tu ne peux jamais être heureuse pour moi ? Ce n'est pas comme si quelqu'un était mort, dis-je. Elle se redressa brusquement sur sa chaise. Comment oses-tu ? lança-t-elle d'une drôle de voix étranglée. Pauvre petite idiote égoïste. Mais je caressais déjà ses beaux cheveux humides, je rétablissais le lien avec lui. Le jardin me paraissait soudain rempli d'oiseaux et de papillons, de pétales et d'arcs-en-ciel éclatants. Et, enracinés dans le sol, il y avait tous ces inconnus guindés vêtus de noir. Bon sang, quelle bande de nuls absolus, pensai-je. Comment tu as su où j'étais ? lui demandai-je. Chut, murmura-t-il en posant son doigt sur ses lèvres, j'ai mes combines. Alors, tu viens ?

Je fournis le gîte et le couvert

Impossible de trouver le sommeil. Mais ce n'était pas nouveau. J'avais l'impression de ne pas avoir dormi depuis la fin des années 1990. Couchée sur le côté, j'étreignais le petit oreiller bosselé que j'avais rapporté de chez mes parents et regardais l'aube délaver lentement les rideaux. J'étais paralysée par cette nouvelle humeur effrayante, un sentiment nouveau qui, à son apogée, ressemblait à l'épuisement total. Pendant des heures, mon cerveau avait refusé de sortir d'un cercle d'idées reliées entre elles, auxquelles je ne voulais pas penser. Je vis une succession de photos tournoyer en cliquetant comme les scènes d'un film ancien et tremblant projeté sur un mur granuleux.

Je l'entendais respirer. Une jolie jambe reposait sur moi, les deux bras étaient rejetés au-dessus de sa tête. Je me retournai centimètre par centimètre et étudiai ses aisselles ; les minuscules boucles de poils dorés ressemblaient presque à des coquillages. Je le reniflai. Puis mon cuir chevelu se tendit, mon estomac se contracta, et je compris enfin le sens des images que j'avais refusé de regarder pendant la nuit : j'étais terrorisée. Voilà. À l'idée qu'il se réveille, je haletais comme un chien acculé. Je devais avoir l'air d'une détraquée, le cou tordu, la bave aux lèvres, les cheveux électriques.

Peut-être que je m'évanouis je ne sais pas. Quand je rouvris les yeux, les rideaux formaient un bloc compact de lumière. Il était penché au-dessus de moi. Faut que j'aille pisser, dit-il. Ensuite, une bonne baise. Quand il revint se coucher, je sentis son pénis mouillé contre ma jambe. Il me demanda si j'aimais faire l'amour le matin. C'était une question à laquelle je ne pouvais pas répondre. Premièrement, parce que je ne savais pas, et deuxièmement, parce que j'avais trop peur pour parler. Qu'est-ce qu'il y a, baby ? Il m'embrassa tendrement sur la bouche. Je commençais à me sentir mieux. J'espérais qu'il n'avait pas remarqué mes yeux exorbités comme ceux d'une sorcière folle.

Tu es tendue, dit-il. Relax. Il me massa le dos et les jambes jusqu'à ce que je m'étale sur le matelas. Bientôt, je m'abandonnai. C'est mieux, on va y aller en douceur, dit-il dans mon cou. C'est ce que tu veux, hein, baby ? Je me retournai, nouai mes bras autour de ses épaules et le serrai fort. Je lui dis que j'aimais que les choses se fassent en douceur. Moi aussi, des fois, dit-il, et il enfouit son visage dans mes poils pubiens. Non, dis-je, mais il n'écoutait pas. Il glissa sa langue en moi. J'adore ces petits plis, dit-il. J'aurais voulu repousser sa tête bouclée, mais je n'en n'avais pas envie. Putain, c'est âcre, dit-il, et il m'embrassa de nouveau. Le contact de ses lèvres sur les miennes me déplut ; ça me semblait anormal de goûter à moi-même. Tu dois apprendre à tout aimer, dit-il, et il rit de manière si adorable que je fus obligée de l'imiter.

C'était étonnant à quel point j'avais envie qu'il fourre son truc en moi. Finalement, je pris son pénis et le guidai. On roula sur nous-mêmes ; j'adorais cette sensation partagée. La façon dont tout se mélangeait. À un moment, je me vis dans le redoutable miroir de la penderie : joues pendantes, bouche tremblante, paupières brillantes. Quelle idiote, pensai-je. J'étais prête à fuir pour échapper au grand méchant loup et, l'instant d'après, je baisais avec lui dans la forêt terrifiante. Même moi, je voyais que j'étais paumée. Détraquée. Je ne sais plus rien, lui dis-je d'une voix haletante, alors qu'il faisait pivoter ses hanches entre mes cuisses. Moi non plus, cria-t-il. Maintenant, ferme-la, nom de Dieu.

Quand je me réveillai, il y avait un parfum d'après-midi. Il ressemblait à un ange endormi : le front totalement lisse, les pieds au repos, ses beaux doigts repliés. Je l'embrassai partout sur le visage et la bouche. Sa verge était un champignon rose et flasque, niché dans la végétation. D'une pichenette, je la fis passer d'un côté et de l'autre. Il ne bougea pas. Je me levai et pris une douche. Dans la salle de bains, je me sentais d'humeur optimiste. Mais c'était peut-être dû à mon gel douche à la menthe et au romarin. Je lus l'étiquette : il promettait de vous remonter le moral. N'empêche, j'avais toujours pensé qu'il y avait quelque chose de symbolique dans une douche, lié en partie au fait de voir l'eau usée s'écouler dans le siphon. De la cabine, je regardai par la petite fenêtre que j'avais ouverte pour faire sortir la buée. J'apercevais un ciel bleu et des nuages blancs d'une beauté inimaginable, des oiseaux vivaces qui faisaient des loopings, comme dans un film de Disney.

Je décidai de nous préparer un petit déjeuner. Je gardai les cheveux humides, le sèche-cheveux faisait trop de bruit. Quand je revins dans la chambre sur la pointe des pieds pour prendre mon peignoir, il était couché dans la même position ; je le couvris avec l'édredon. Et je ressortis, toujours sur la pointe des pieds. Dans la chambre, l'atmosphère avait changé. Je repensai à ma période rockeuse et miroir. J'étais désespérée à cette époque. Pour quelle raison ? Je ne m'en souvenais plus, et pourtant, sur le moment, c'était la fin du monde.

Sur le palier, je remarquai deux gros sacs de supermarché qu'il avait balancés dans la chambre d'amis. J'entrai et fermai la porte. Je vidai le contenu des sacs sur le lit. J'avais peur qu'il entre et je m'empressai de tout passer en revue. Il n'y avait rien d'intéressant ; uniquement des jeans, des T-shirts et des caleçons, des affaires de toilette bon marché. Je palpai chaque objet, examinai les étiquettes, fouillai dans les poches, et compris que je cherchais une chose qui n'existait pas. Quelque chose qui m'indiquerait qui il était. Je remis tout dans les sacs et redescendis pour m'occuper du petit déjeuner.

Pendant que je grillais le bacon et préparais le café, c'était bon de savoir qu'il dormait à l'étage du dessus. C'était ce que faisaient les gens, non ? Paresser le matin, faire l'amour, se doucher et prendre le petit déjeuner au lit. Néanmoins, le restant de la journée demeurait une énigme. Que faisaient-ils de leurs vies ? Les odeurs de cuisine, le grésillement et le bouillonnement avaient un parfum si quotidien que je décidai de ne pas m'inquiéter. Je regardai la table et les chaises dans le patio. Personne ne s'y était jamais assis, à part le chat, cette unique fois. Les choses allaient peut-être changer maintenant. On pourrait faire des barbecues, inviter des amis. Alison, Tom et les enfants. Je l'imaginais même avec un tablier, en train de cuire des hamburgers.

Je chargeais le plateau quand il apparut sur le seuil de la cuisine. Je t'ai préparé un petit déjeuner, dis-je. Il but le café d'un trait. Il se gratta la tête et bâilla. Je voyais qu'il ne s'était pas douché. J'en prends jamais, dit-il. Ça me donne envie de vomir. Il tendit la main et demanda : les clés de ta bagnole ? Je m'entendis lui indiquer où elles se trouvaient. J'ai besoin d'un véhicule en vitesse, dit-il, et il prit les clés tout en ouvrant la porte. Je lui courus après.

Mon intuition me souffla de ne rien dire – je plaquai même ma main sur ma bouche –, mais je l'ignorai. Où tu vas ? glapis-je. Quelque chose m'incita à continuer, même quand son visage s'assombrit. Tu rentres quand ? Je vais faire comme si je n'avais rien entendu, dit-il. Vu que tu as été sympa avec la bagnole, le petit déj' et tout ça. Je me retrouvai là sur le perron, une spatule à la main, à écouter le bruit de son départ, encore une fois.

J'accueille M. Vérité

Je passai quelques heures à remettre de l'ordre dans la maison. Je changeai les draps et les lavai. C'était agréable de les voir danser sur la corde à linge, comme dans les jardins des autres gens. Dans la cuisine, j'essayai d'éviter de regarder les choses. Je cachai le bacon et les œufs. Le marc de café obstruait l'évier, ce qui m'inquiéta. Je m'habillai avec soin et appliquai une grande quantité de maquillage. Comme disait toujours ma mère : Tu dois tenir bon, car personne ne le fera à ta place. En sortant, je découvris avec stupéfaction que ma voiture n'était plus là. Pendant une fraction de seconde, j'envisageai d'appeler la police. Finalement, je me rendis au supermarché en bus et j'achetai des trucs. En soirée, c'était calme. Un tas de femmes à l'air traumatisé erraient dans les rayons. C'était peut-être ça notre fonction : acheter à manger.

Je finis à la cafétéria, devant un chocolat chaud. Je lus un magazine. Il y avait un tas de conneries sur les relations et comment avoir des super rapports sexuels, une super maison, réussir des super recettes, des super enfants, des super vacances. Bon sang, je sentais mes propres idées débiles sur la meilleure façon de vivre suinter par chaque pore en lisant ça. C'était comme s'ils parlaient de la vie sur une autre planète, identique mais pas tout à fait. Pas celle sur laquelle j'existais, en tout cas. Il n'y avait aucun conseil sur ce qu'il fallait faire quand vous aviez peur de rentrer chez vous. Rien sur ce problème particulier, nulle part.

J'attendis le bus trente-cinq minutes. Il était tard quand je revins chez moi, et la maison était plongée dans l'obscurité. Pas de message sur le répondeur. Je dus me faire violence pour allumer les lumières. Tout était à sa place. Je verrouillai les portes et fermai les fenêtres. Puis je me fis couler un bain. Je versai dans l'eau quelque chose qui lui conférait une couleur boueuse et m'y glissai. La vapeur de la salle de bains avait un parfum de vanille, comme une délicieuse glace. Je me sentais ramollie par l'eau. Je fredonnai une chanson ; les robinets gouttaient en rythme. L'eau frémissait ; je m'aperçus que c'était parce que je tremblais. À force de tendre l'oreille, je tremblais. Je me couchai avec des cachets.

Le lendemain, je me souvins que je devais aller travailler. Je m'habillai, appelai un taxi et quittai quasiment la maison en courant. Miracle, je savais ce que je devais faire une fois à mon bureau. Comme si j'étais passée en mode automatique.

Alison m'ignora toute la journée, ce qui m'allait très bien. J'avais l'impression que tout le monde m'ignorait. En milieu d'après-midi, je compris que c'était sans doute parce que j'étais invisible. Ou visible uniquement sous une certaine lumière, telles ces mites d'un marron clair qui s'envolent de votre pull préféré. Finalement, cela finit par m'atteindre au moral, et je me rendis aux toilettes pour pleurer. Quelqu'un s'approcha de ma cabine alors que je hurlais en silence et frappa à la porte. C'était Alison, évidemment. Je reconnus ses chaussures confortables. J'aurais pu m'agenouiller et les baiser. Sors de là, me dit-elle. J'ai des choses à te dire.

Je me lavai les mains et lui demandai de cracher le morceau. Viens par ici, répondit-elle d'une voix douce en m'enlaçant. J'appuyai ma tête sur son épaule. Je lui dis que j'aurais aimé qu'elle soit ma mère. Non merci, dit-elle, et elle m'écarta. Tu es une enfant cauchemardesque. J'ai de la peine pour tes parents. Je me fichais de ce qu'elle me disait, du moment qu'elle me parlait. Elle croisa les bras. Sais-tu à quel point ils sont bouleversés ? Et ce qu'on ressent, Tom et moi ? Peux-tu imaginer combien c'était horrible quand tu as fichu le camp avec ce sale type après le désastre des obsèques ? Tant de questions stridentes et tranchantes. Je n'avais aucune réponse. Ta mère est malade d'inquiétude. Elle s'en remettra, dis-je. Comme toujours.

Alison demeura muette ; elle me regardait fixement en secouant la tête. Eh bien quoi, dis-je, tu vas rester plantée là pour m'accuser d'être une méchante personne ? Tu crois que je ne le sais pas ? Elle sourit. Tu n'es pas une méchante personne, ma belle. Tu es juste une personne déboussolée et égocentrique. Tu l'as toujours été, avoue-le. Putain, Alison, fus-je obligée de répondre, tu es une cheftaine répugnante. Rien qu'à t'écouter psalmodier, j'ai envie de vomir. Je sentis quelque chose se libérer en moi. Puisque c'était l'heure des quatre vérités, pourquoi pas ? pensai-je. Je commençai à comprendre ce qui se passait, depuis le début. Alison faisait partie de ces gens qui aimaient s'asseoir au bord de la vie fascinante des autres pour leur crier des conseils. Elle se nourrissait de moi, et je la laissais faire. Ces individus-là étaient encore plus contents d'eux-mêmes quand ils pouvaient observer un être humain en train de se débattre. Et sombrer, avec un peu de chance.

J'avais dû prononcer ces paroles à voix haute car Alison retint son souffle et répondit, les larmes aux yeux : Si c'est ce que tu penses, il n'y a rien à ajouter. On aurait dit une comédienne de seconde zone dans une sitcom de l'après-midi. Je faillis éclater de rire. Tu sais où me trouver si tu as besoin de moi, ajouta-t-elle. Et elle sortit en reniflant. Je farfouillai dans mon sac à la recherche d'un peigne, mais ma vue était trouble. Je m'aspergeai le visage d'eau et le séchai soigneusement. Quand je me regardai dans la glace, je crus avoir rajeuni. J'aurais pu être ma petite sœur, sauf que je n'en avais pas, Dieu merci.

Alison n'est plus mon amie, dis-je à voix haute dans les toilettes qui résonnaient. C'est officiel : je n'ai plus d'amis désormais. Même mes parents me détestent. Je regardai mon sourire idiot s'effacer dans la glace. En me coiffant, je songeai que tout cela faisait peut-être partie de l'ordre des choses. Il fallait bien que je grandisse un jour. Personne ne comprenait véritablement. Ils croyaient tous savoir ce qui était bien pour moi. J'avais débuté un nouveau chapitre. Je vivais avec un homme, nom d'un saint Ikea ! J'allais de l'avant. Je cuisinais enfin dans ma cuisine. Quelqu'un occupait le côté vide de mon lit à deux places. Je me sentais de taille à tout affronter. Mais dans le dos de mon petit cœur, j'entendais une brise solitaire qui chassait toutes les choses auxquelles je tenais.

Je vis des jours mémorables

Il ne revint pas, il ne revint pas et il ne revint pas. Depuis une quinzaine de jours, je dépensais une fortune en taxi. Ma voiture me manquait énormément. Au travail, je dupais tout le monde. C'était stupéfiant. En apparence, je ressemblais à moi-même, et je m'exprimais comme elle. Je mangeais ce qu'elle mangeait. Je portais ses affaires, même si je n'en aimais pas certaines. Je mettais même son maquillage. Mais à l'intérieur, je pataugeais. Pas facile dans ces conditions d'utiliser mon ordinateur et de répondre au téléphone, mais je me débrouillais. Je ne savais pas combien de temps je pourrais continuer comme ça.

J'avais l'impression qu'une substance humide emplissait mes cavités. Ça aurait pu être de l'eau, ou du sang, une sorte de brouet écœurant, en tout cas. Je m'étonnais que mes collègues ne l'entendent pas clapoter quand je marchais dans les couloirs. J'étais convaincue de laisser des taches liquides sur le sol. Mes organes vitaux avaient été aspirés. À l'intérieur de mon crâne se trouvaient une puce et quelques circuits. Et dans ma poitrine, rien du tout. Pas même une canette de Coca vide.

Alison demeurait introuvable. J'interrogeai la femme au pendentif en forme de dauphin que j'avais toujours ignorée ostensiblement. Elle sourit d'un air suffisant et se dit étonnée que je ne sache pas qu'Alison était en congé. Quelque part à l'étranger. Mais Alison n'aime pas l'étranger, dis-je. Elle déteste les paninis. Elle aime Skegness et les baquets de thé. N'empêche, répondit-elle en chassant une pellicule sur son pull en acrylique. Je ne peux pas vous en dire plus. J'avais envie de gifler son visage idiot. Ça ne me fait ni chaud ni froid, dis-je de façon peu convaincante. Vous ne savez rien de rien, hein ? Et je repartis en pataugeant.

Je caressai l'idée de téléphoner à Rob le rendez-vous arrangé. Il était la seule autre personne au monde que je connaissais. Mais après avoir passé en revue notre soirée, je me souvins de certaines choses : des verres dans un jardin, une virée sur des routes obscures, le lac vérolé, un siège de voiture qui grince, ses mains blanchies agrippant le volant, et pour finir cette fille nue qui convulse sur le sol du vestibule ; et cette idée ne me parut pas formidable. J'avais de la peine pour lui. Comment ce pauvre garçon, avec ses jolies chaussures, aurait-il pu savoir qu'il allait sortir avec cette nana bizarre ? Il s'était aspergé d'un si bon parfum. Comme pour se rendre à un rendez-vous normal, simple, agréable, où on se bécote. Que ça lui serve de leçon.

Tous les jours à l'heure du déjeuner, j'allais retirer de l'argent au distributeur. J'aimais voir la petite liasse de billets dans mon sac quand je rentrais chez moi en bus. Je vidai systématiquement mes comptes en banque. Ça m'excitait. C'était devenu le meilleur moment de la journée. De retour chez moi, je fourrais l'argent dans un tiroir de la cuisine. Finalement, il y en eut assez. J'avais déjà quelque chose pour le ranger. Il me semblait logique d'utiliser la boîte à trésors rouge que j'avais eue toute petite. Plus tard, j'y avais rangé mes secrets. J'adorais le fait qu'elle ait une serrure et une clé. Je cherchai un endroit pour la cacher. Le jardin me semblait être l'idéal ; je m'y sentais en sécurité, et moi seule m'y rendais. Debout dans le patio, j'essayai d'imaginer un emplacement véritablement improbable. L'air sentait la pluie, et toutes les plantes piquaient du nez. Je me servis du déplantoir que m'avait donné mon père. Je ne savais pas pourquoi je faisais ça avec mon argent, mais l'idée me paraissait excellente. Et je choisis un parfait endroit, secret.

Chaque soir, j'accomplissais un rituel. Je mangeais un peu : des toasts de Marmite coupés en petits morceaux au format d'un timbre-poste. Puis je buvais une tasse de camomille. Tout le reste me donnait l'impression d'être malade à en mourir, et j'avais peur de le manger. Je craignais que toutes mes tripes se déversent comme une émulsion claire; je ne pourrais plus tenir debout et continuer. Après avoir déposé dans ma bouche des carrés de toasts que j'avalais méthodiquement, je m'installais dans le canapé devant la télé. Juste au cas où quelqu'un regarderait par la fenêtre. On me verrait en train de me prélasser, absorbée par une émission. En vérité, je restais assise tel un mannequin. Pendant que mon vrai moi se déplaçait à l'aveuglette, se cognait dans les objets, arrachait mes cheveux, lacérait mes joues. Et lui criait de revenir.

Je reçus deux lettres le même jour. Deux enveloppes blanches posées sur le paillasson comme les ailes d'une colombe morte. Mes parents m'écrivaient pour me dire qu'ils m'aimaient. J'avais du mal à déchiffrer les mots; mes yeux laissaient à désirer. Ils étaient obligés, disaient-ils, d'évoquer l'homme avec qui je vivais. À quel point cela les attristait. Ils avaient entendu de mauvaises choses sur lui. Il n'était pas encore trop tard, disaient-ils. Et si je préparais un sac pour venir chez eux? Personne ne t'en veut, affirmait la lettre. Viens à la maison avec nous. De quoi parlaient-ils? J'étais à la maison. La deuxième lettre provenait du bureau des relations humaines. Ils étaient au regret de m'informer que j'étais convoquée à un second entretien pour un avertissement. Pouvais-je me manifester dans un délai de sept jours? Et ne plus venir travailler d'ici là. C'était la procédure habituelle, précisait la lettre.

Je réagis à retardement à ces deux lettres. Après les avoir lues, je pris plaisir à en faire des confettis. Puis je me laissai tomber par terre et sanglotai. Donc, ce n'était pas trop à retardement, en fait. Je pleurai jusqu'à l'hébétude ; ma tête frottait contre le tapis parsemé de confettis. Je n'avais pas de mouchoir en papier, et mon visage me brûlait. Plus tard, j'entendis des pas dans l'allée qui menait chez moi. Puis des coups vigoureux frappés à la porte. Je pris appui contre les murs et la table du vestibule pour aller ouvrir précipitamment. Il s'engouffra à l'intérieur et me souleva dans ses bras. Alors que je passais ma main dans ses cheveux, j'entendis un rire. Tu as pleuré, dit-il, et il me reposa en douceur. Si c'est à cause de la voiture, je t'expliquerai. Peu importe la voiture, répondis-je, maintenant que tu es là. Tant mieux, dit-il, car mon pote en a encore besoin pour deux ou trois jours.

Il voulait manger quelque chose. De la soupe ferait l'affaire. Pendant que je la préparais, il s'assit à la table de la cuisine et me parla. Son pied ne cessait de marteler le sol. Il fuma une cigarette. Tout avait changé. Même les ustensiles sur les murs semblaient au garde-à-vous ; je les entendais s'entrechoquer. Il me demanda s'il y avait du nouveau. Non, dis-je et je l'embrassai sur le front. Il mangea vite, en arrachant de gros morceaux de pain qu'il plongeait dans son bol. Puis il me souleva de nouveau. Que se passe-t-il ? lui demandai-je, même si je me fichais de savoir où il m'emmenait. Attends, tu vas voir, dit-il et il m'emporta au premier en courant. Oh oui, fit-il et il me lança sur le lit. Il se déshabilla rapidement. On a le temps pour un petit coup vite fait, dit-il, et il grimpa sur moi. Ensuite, on va à une soirée.

Je n'aime pas les fêtes

Je cherchai dans ma garde-robe quelque chose à mettre. Tout était trop sombre, trop strict. Mes rares vêtements originaux et moulants me semblaient trop originaux et… moulants, justement. Quand je lui demandai de quel genre de soirée il s'agissait, il me répondit, le genre habituel, et me regarda comme si j'étais cinglée. Quelqu'un fête quelque chose ? demandai-je en essayant de remettre de l'ordre dans mes cheveux devant le miroir. J'étais plus que banale, presque laide. Mes yeux ressemblaient à des raisins secs dans une pâte pas cuite.

Finalement, j'enfilai un jean et une sorte de sarrau que je ne portais jamais, déniché sous des chemises. Je ne savais pas ce qui m'avait pris de l'acheter. En temps normal, jamais on ne m'aurait vue avec un truc comme ça. Il avait envie d'écouter de la musique et de boire un verre. Pour nous mettre dans l'ambiance, dit-il. Quelle ambiance ? demandai-je. Et dans quel but ? Planté sur le seuil de la chambre, il pointa le doigt sur moi. Pourquoi tu poses toutes ces questions ? Tu es une sorte de détective privé à la con ? Ah, je sais, dit-il en dévoilant toutes ses dents dans un sourire. Tu es la Miss Marple bis de mes deux. La vache ! s'esclaffa-t-il en faisant semblant de me regarder à travers une paire de jumelles. Tu lui ressembles un peu. Ça me coupe l'envie illico. Assise sur le lit, je le regardai sourire et emplir l'encadrement de la porte. Puis il descendit. Je sentis une écharpe glacée s'enrouler autour de mon cou. Je ne veux pas aller à une soirée, dis-je au miroir et à tous les objets de ma chambre.

Quand un de ses amis passa nous chercher, on était ivres tous les deux. Les basses des haut-parleurs de la voiture étaient assez fortes pour vous faire fondre le cerveau. Je m'assis sur ses genoux et m'écroulai contre lui. La banquette arrière était déjà pleine de types. Durant tout le trajet, il promena ses mains sur mon corps et appuya sa queue gonflée contre moi. Je regardais les rues dans lesquelles des gens ordinaires faisaient leurs courses et bavardaient. J'avais envie de baisser la vitre pour leur crier de m'aider. Mais le monde extérieur paraissait ennuyeux. Sans danger et ennuyeux, pensai-je. Quelqu'un dans la voiture faisait circuler une bouteille de vodka. Il s'en saisit. Bois, ordonna-t-il. Tu as besoin de planer un peu. Il but une gorgée et colla le goulot à mes lèvres.

On roula interminablement dans un lotissement en faisant crisser les pneus. Quand on s'arrêta, je ne parvins pas à descendre de voiture ; mon corps était mou et lourd. On dut se frayer un chemin. Le jardin était envahi par une foule de gens qui fumaient et buvaient. Il me fit franchir la porte ouverte d'une maison et m'allongea sur un canapé. Je reviens vite, dit-il, et il me donna une bouteille de vin rouge, pleine et débouchée.

Dès qu'il fut parti, je commençai à me sentir hyper-réveillée et excitée. Je renversai du vin sur mon stupide haut en buvant au goulot. Des lampes de faible puissance étaient allumées dans le salon, et je distinguais à peine les silhouettes des autres. La musique était tellement assourdissante que personne ne parlait. Au lieu de cela, ils semblaient occupés à se caresser. Je ne savais pas si on pouvait me voir, et je m'en réjouissais. Au bout d'un moment, je dus me lever pour trouver les toilettes. Mais je ne voulais pas quitter mon canapé ; il était comme un petit bateau sur lequel personne, par magie, ne pouvait monter.

Des corps étaient affalés sur toutes les marches de l'escalier. Ils buvaient et fumaient. Je zigzaguai entre eux. Je ne tenais pas très bien sur mes jambes, mais, si je marchais sur les gens, tout le monde s'en fichait. Il y avait la queue aux toilettes. La femme qui se trouvait devant moi se retourna, et je m'aperçus que je l'avais déjà vue. Je lui tapotai l'épaule et, quand elle me fit face, lentement, je sus qui c'était. Elle toussa, et je reconnus sa toux. Comment va votre chien ? lui demandai-je. Je lui dis que j'étais la personne qui lui avait remis un mot. Quel mot ? répondit-elle, avec la plus grande indifférence. Puis elle me dévisagea. Oh, oui, dit-elle et elle tira longuement sur sa cigarette. Vous allez bien ? interrogea-t-elle à travers un nuage de fumée, les paupières plissées. Je lui demandai, pourquoi ça n'irait pas ? C'était une drôle de question à poser à une inconnue. Juste pour savoir, dit-elle, et elle entra dans les toilettes.

Je me faufilai à travers la maison. Deux types se bécotaient sur un lit dans ce qui semblait être une chambre d'enfant. Je m'arrêtai pour les regarder. Je les trouvais vraiment adorables ; au moins, ils étaient deux. L'un des deux se rendit compte de ma présence. Comment tu t'appelles ? demanda-t-il, en caressant sa poitrine et son ventre. Je lui dis que je ne m'en souvenais plus. Ça peut arriver, dit-il. Il sourit et tapota le lit. Tu es seule ? Pourquoi tu ne viens pas t'allonger avec nous ? L'autre garçon paraissait assoupi. Non, je ne préfère pas, répondis-je. J'étais avec mon petit ami, et ça risquait de ne pas lui plaire. Le type pencha la tête sur le côté. Pas de problème, baby, dit-il, et il me prit la main.

Je m'assis au bord du lit et m'aperçus que j'étais totalement livrée à moi-même. L'homme me massa les doigts. Sans vouloir te vexer, tu as besoin de te détendre, murmura-t-il, tu es toute tendue. Absolument pas, répondis-je, et je me levai. Je ne pourrais pas être plus détendue et heureuse. Bon sang, je ressemblais à une héroïne parfaite dans une histoire d'Enid Blyton. La chambre me paraissait exiguë et étouffante. OK, OK, dit le type, et il se rallongea. Salue ton petit ami pour moi quand il refera surface, d'accord ?

Je négociai la descente de l'escalier et marchai jusqu'à la cuisine. Des gens étaient rassemblés autour d'une table sur laquelle se trouvait de la nourriture. Bien que je n'aie pas faim, je luttai pour y accéder. À côté d'une tasse contenant des boutons d'or, il y avait des bouteilles de vin et des canettes de bière. Au centre, j'apercevais un énorme saladier rempli de tomates et de feuilles de laitue qui semblaient importées, une pile de petits pains et divers fromages disposés sur une planche. Des saucisses et des hamburgers circulaient. Des gens m'offraient des choses, et j'acceptais tout. Le vin était tiède, à la température du sang peut-être. Le fromage était friable et piquant, puis crémeux et doux. Toutes les saveurs étaient extrêmes.

Je regardais tous ces gens qui mâchonnaient autour de moi. De la laitue dentelée dépassait de leurs bouches. Tous ces êtres humains, pensai-je, mais il n'est pas parmi eux. Aucun d'eux n'était ce bel homme. Je regardais, mais je n'apercevais nulle part ses boucles blondes. Pas une seule personne ne savait qui j'étais. Je crachai le morceau de saucisse coincé dans ma bouche et lâchai mon assiette sur le sol carrelé. Il y avait tellement de bruit qu'elle se brisa en silence. Je me mis à pleurer, puis me retrouvai assise dans un fauteuil dans une pièce plus calme. Je m'endormis et me réveillai quand une fille arriva avec une immense assiette de brownies au shit. Tout le monde l'applaudit. Il y avait aussi du café et un alcool qui avait un goût de sirop contre la toux. J'en bus un peu. Je savais que je devais faire attention, mais les gâteaux étaient si moelleux et chocolatés que j'en mangeai quatre.

Je vais au cinéma

Je me retrouvai à l'arrière de la maison et, alors que j'avançais en titubant, je trébuchai sur un vélo d'enfant. Je trouvai enfin quelque chose pour m'asseoir. Ma jambe était humide, je l'examinai. Un lampadaire projetait dans le jardin une aura électrique qui semblait recouvrir l'herbe et les arbres d'une couche de daim mauve. Du sang chaud et noir comme du goudron coulait sur ma jambe. Le plus bizarre, c'était que ça ne faisait absolument pas mal, alors que la plaie semblait longue et profonde. Je le regardai se répandre. Tout était mort, insipide, étouffé et inerte. Il régnait un silence absolu, tandis qu'au-dessus de moi les arbres gris tournoyaient.

Je ne savais pas trop où j'étais, ni comment j'étais arrivée là. La maison semblait être en train de brûler, mais je m'en fichais. Toutes les fenêtres enfumées étaient éclairées, et les silhouettes se contorsionnaient les unes contre les autres. En fait, non. C'était une fête, ça me revenait. Ces gens s'amusaient pendant que je me planquais dans le jardin monochrome, en saignant comme toujours. Apercevant un clapier à lapins derrière des poubelles, j'allai jeter un coup d'œil. Je dus m'agenouiller dans l'herbe dure et brûlée. L'intérieur de ce petit clapier était d'une étonnante beauté.

Derrière le grillage se déroulaient des scènes émouvantes et saisissantes. Je m'installai plus confortablement pour regarder : de minuscules éléphants couraient entre des palmiers vert émeraude. Les scènes étaient muettes, mais je devinais que les éléphants barrissaient, ou quel que soit le bruit qu'ils faisaient quand ils se ruaient à travers une forêt. Chaque éléphant arborait une pierre précieuse étincelante sur le front et possédait d'adorables pattes peintes. Puis ils se transformaient en groupes de singes qui cavalaient dans des palais en ruine à une vitesse incroyable. Derrière la deuxième porte grillagée du clapier, des danseuses en saris pourpres tourbillonnaient, leurs mains miniatures tordues et leurs lèvres noires semblables à d'étranges nouvelles lunes.

Les images changèrent devant mes yeux. Des individus nus, beaux comme des dieux, aux corps parfaits et luisants, torturaient des prisonniers. Le sang et les entrailles serpentaient dans la paille du clapier. On faisait des choses aux bébés les plus roses, les plus réussis. J'entendais des cris faibles ; les petits bébés, eux, laissaient échapper des sons à vous fendre le cœur. J'étais incapable de détacher mes doigts du grillage. Il fallait que je continue à regarder, alors que je frémissais d'effroi. Finalement, les scènes s'effacèrent, et je me relevai. Avant de m'éloigner, je me baissai pour jeter un dernier coup d'œil. Deux énormes lapins à l'aspect inoffensif dormaient à l'intérieur.

Je quittai le jardin en courant et aperçus ma voiture. Il y avait un rétroviseur cassé et une bosse sur la portière du conducteur, mais c'était la mienne. Je posai la main sur le capot ; il était chaud comme si un énorme cœur battait dessous. La portière était entrouverte, et les clés sur le contact, alors je m'installai au volant. Je me sentais bien à l'intérieur de ma voiture. Je décidai de rentrer chez moi. Je gardai les yeux sur le compteur de vitesse, je voulais rester autour des 50 km/h. Je tremblais, glacée par la sueur. J'aperçus mon visage dans le rétroviseur, déformé par un sourire figé, et faillis avoir un accident. Peut-être que ce n'était pas moi, pensai-je. Peut-être qu'une folle était assise à l'arrière de ma voiture.

Je me garai devant chez moi. C'était un miracle, j'étais arrivée. Le ciel s'éclaircissait, mais je n'aspirais qu'à une chose : entrer, verrouiller les portes, tirer les rideaux et me glisser dans mon lit. Pas moyen, cependant, de décoller le front du volant. J'avais l'impression d'entendre le hurlement ininterrompu d'une sirène. Quelqu'un frappait à la vitre. Un de mes voisins charitables gesticulait au-dehors, mais je n'entendais rien à cause de cette sirène hystérique qui beuglait. Comme il devenait de plus en plus rouge, je me redressai et baissai la vitre. La sirène se tut immédiatement, et je compris qu'il s'agissait du klaxon, actionné par ma tête idiote qui appuyait sur le volant. Je descendis de voiture et bousculai le voisin pour passer. J'ignorais ce qu'il baragouinait.

Mes parents étaient dans la cuisine, vêtus de leurs vestes en polaire, en train de boire du thé, assis à ma table. Maman avait préparé à manger. Avant que tu poses la question, dit mon père, c'est Alison qui nous a donné le double des clés. On est passés hier soir, mais tu n'étais pas là, alors on a fait un peu de ménage, ajouta ma mère en essayant de me prendre la main. Tu veux une tasse de thé ? Ton père a apporté sa tondeuse, hein, papa ? Il a rafraîchi ta pelouse. Mon père but une gorgée de thé. Je restai plantée sur le seuil. On est revenus ce matin. On était très inquiets pour toi. Franchement, ajouta-t-elle. Tu pourrais au moins dire merci.

Je me remis à rire. Je ne voulais pas, mais le son semblait jaillir de ma bouche sous la forme d'un hoquet rauque qui ne s'arrêtait plus. Je pense que n'importe qui aurait réagi de la même manière ; l'expression de mes parents aurait suffi à provoquer l'hilarité d'un gibbon dépressif. Je voyais ma pauvre mère regarder fixement ma plaie à la jambe. Je savais qu'elle mourait d'envie de s'en occuper avec un antiseptique et des pansements. Pliée en deux, je glissai le long du chambranle de la porte. Fichez le camp, tous les deux ! hurlai-je. J'espère que vous allez crever. Sortez de ma vie et ne revenez pas.

Je planifie mes menus

Je regardais beaucoup la télé, il n'y avait rien d'autre à faire. Il aimait que je sois disponible, alors je sortais peu. Et c'était une délivrance, d'une certaine façon, de savoir que mes vieux parents n'allaient plus débarquer au mauvais moment. Cela me donnait plus d'espace, plus de possibilités. Les choses semblaient plus simples. Malgré tout, un jour, alors que je ne les avais pas revus depuis une semaine environ, je me figeai dans ma chambre, sentis mon cœur s'emballer, puis se calmer, en constatant à quel point j'aimais ces deux pauvres vieux idiots. Je fus frappée par cette certitude, marquée au fer rouge par l'image de mes parents attendant patiemment dans la cuisine. Ils s'occupaient, passaient la tondeuse et faisaient à manger, pour essayer de se montrer utiles. Je faillis craquer et fondre en larmes en pensant combien ils devaient être bouleversés et tristes de voir la façon dont les choses avaient évolué. Mais ça ne servait à rien de s'aventurer sur ce terrain. J'avais franchi en trébuchant une sorte de porte coupe-feu qui ne pouvait pas s'ouvrir de mon côté. Je fis rapidement le lit et ouvris la fenêtre. Les rideaux ondulaient dans une brise qui sentait l'herbe coupée. Je me sentais prête à agir.

Au supermarché, ce fut un grand bonheur, comme toujours. Étais-je un petit peu dérangée pour aimer le supermarché ? Je trouvais cela édifiant sur le plan spirituel d'errer au milieu des rayonnages bien ordonnés et des allées labyrinthiques. J'adorais lancer des bonnes choses dans mon chariot. Quoi que vous désiriez, il y avait un panneau énorme pour vous guider. Aujourd'hui, des arrangements pour orgue Hammond de chansons pop passe-partout envahissaient le magasin. C'était la touche ultime, parfaite. J'achetai de quoi cuisiner un poulet au curry et m'amusai à choisir l'accompagnement, avant de me laisser absorber par les ingrédients nécessaires à la préparation d'un ragoût, après quoi je m'attardai au rayon des vins et alcools ; je me disais que j'avais intérêt à faire des réserves. J'essayais de ne pas me demander où il était, ni ce qu'il avait fait à cette fête sans moi.

Je craignais de tomber sur mes parents. Rien ne leur plaît plus qu'une bonne expédition au supermarché. Au coin de chaque allée je m'attendais à les voir, dans leurs K-way peut-être, filets à la main, examinant les ingrédients d'un produit qu'ils n'espéreraient jamais manger, leurs lunettes à double foyer orientées selon l'angle qui leur permettait de lire. Mais non, ils ne faisaient pas de courses aujourd'hui. J'étais déçue, presque désespérée. Évidemment, s'ils avaient été là, je me serais cachée.

À la cafétéria, je ne savais pas trop quoi prendre ; il y avait trop de choix. Mais surtout, je n'avais pas faim. L'idée de manger me paraissait farfelue. Quand j'essayai de me remémorer depuis quand je n'avais rien avalé, ce fut un choc. Aucune réponse ne me vint. Je savais que j'avais recraché une saucisse dans une cuisine bondée. Puis je me souvins d'avoir mangé du fromage et un petit pain ; c'était délicieux. Peut-être étais-je encore en train de digérer ces brownies. Je savais bien que je m'étais nourrie ensuite, sinon je serais morte à l'heure qu'il est. Bizarrement, j'entendais presque la voix d'Alison qui m'ordonnait de manger, alors j'optai pour une patate au four et un jus de pomme. Quand on m'apporta mon plat, la pomme de terre était couronnée d'une coiffe irrégulière faite de morceaux de faux fromage figés et jaune pâle. Comme si un extraterrestre avait essayé de copier un savoureux plat terrien. Je repoussai les morceaux et grignotai du bout de la fourchette un peu de patate froide en observant la queue à la caisse.

Je reconnus le dos d'une des femmes dans la file. Elle était entourée d'une masse grouillante d'enfants. Un garçon d'une douzaine d'années touchait les beignets et se léchait les doigts. Certains des plus petits se balançaient littéralement en s'accrochant à son manteau. Elle les ignorait. Finalement, elle sembla se réveiller et remarquer quelque chose. Avec une surprenante économie de gestes, elle balança une taloche sur la tempe du gamin de douze ans et repoussa les petits. Puis elle émit cette quinte de toux familière, et je compris que c'était la femme qui attendait aux toilettes durant la soirée, la même femme que j'avais vue devant la porte éraflée le jour où j'essayais de trouver où il habitait. J'eus l'impression de recevoir un coup de jus. Pourquoi tombais-je sans cesse sur elle ? La suivais-je sans le savoir ? Ou était-ce elle qui me suivait ?

Je me cachai derrière mon menu, fascinée par cette femme et ses enfants. Je me souvenais de la façon dont elle avait pris le mot que je lui avais donné. Elle avait répondu qu'elle ne pouvait rien me promettre. Je me souvenais de son manque d'intérêt total. Mais, à la fête, elle m'avait demandé si tout allait bien. Le garçon qu'elle avait taloché s'était assis à une table, à l'écart du groupe ; il boudait et s'essuyait les yeux. Je voyais qu'il avait pleuré. Ils avaient tous l'air débraillés et pas très propres, son pantalon lui remontait à mi-mollets, et ses baskets n'avaient pas de lacets.

Soudain, je m'aperçus que c'était le gamin que j'avais trouvé installé dans mon salon, dans mon canapé, en train de regarder le football à la télé. Le garçon qui parlait en chuchotant. Mon cuir chevelu se mit à me démanger et à se tendre. Tout cela faisait très quatrième dimension, pensai-je. Peut-être que l'univers me surveillait. Qu'il essayait de me mettre en garde, même, ou quelque chose comme ça. Les autres enfants engloutissaient des bols de frites, nappées d'une sorte de jus de viande. Lui n'en avait pas. J'aurais presque eu de la peine pour lui, si je n'avais été aussi angoissée. Attends, me dis-je, calme-toi. C'était peut-être une de ces journées où on croit connaître tous les gens. J'observai les clients de la cafétéria. Non, je n'en reconnaissais aucun. N'empêche, ça ne pouvait pas être l'univers ou je ne sais quoi. L'univers n'en avait rien à foutre de moi. Personne n'en avait rien à foutre. Mais j'étais terrorisée. C'était comme évoluer dans un film où vous ne savez pas que vous êtes suivi, alors que les spectateurs le savent.

J'ignore comment je sortis de la cafétéria. Je balançai mes courses dans le coffre et m'assis au volant. Impossible de réfléchir posément. Mon esprit était aussi lisse et plat qu'un tapis de billard ; les choses auxquelles je devais réfléchir ne cessaient de se défiler, comme des boules de billard que l'on pousse tout doucement. Qu'est-ce qui me prenait ? Pouvais-je imaginer qu'un ragoût suffirait à réorganiser ma vie ? Je ne saurais dire combien de temps je restai sur le parking, avant de décider finalement de rentrer chez moi et de l'attendre. On pourrait parler franchement, parvenir à un accord. Et si ce qu'il disait ne me plaisait pas, je tirerais un trait sur lui. Tout ça était un signe. Je devais mettre de l'ordre dans ma vie. C'était aussi simple que ça.

Je mijote une tempête

Pendant quinze jours, je réfléchis à la façon dont j'allais le lui dire. Je continuais à faire des choses. Il était à la maison avec moi. Puis il sortait. Les journées ressemblaient à une succession d'instantanés en noir et blanc. Dedans, dehors, noir, blanc. Parfois, je me rendais en ville, sans rien acheter. J'étais hypnotisée par ma propre vie. Le jour où j'étais rentrée du supermarché, j'avais déversé les provisions dans le congélateur. Plusieurs fois, je repensai aux morceaux de bœuf et de poulet qui attendaient dans l'obscurité glacée que je les utilise. Enfin, je compris que je pouvais au moins cuisiner. Ce serait un début. Je finis par les sortir du congélateur.

Le lendemain après-midi, j'étais seule. Comme depuis trois jours. Il avait éteint son portable et il ne m'appelait pas. Je bus deux verres de vin rouge, puis me lançai dans l'opération ragoût. L'esprit de Delia[1] planait au-dessus de moi dans la cuisine. Oui, oui, susurrait-elle, hmmm, oui. Puis-je me

1. Delia Smith est une célèbre cuisinière et animatrice télé.

permettre de dire que vous êtes une vachement bonne cuisinière, extraordinaire ? Elle fit même un commentaire sur ma manière de saisir la viande par petites fournées. Oh, Delia, répondis-je, évidemment. On ne veut pas que cette foutue barbaque soit bouillie. Le but, c'est de la caraméliser. La, la et tralala, chantonna-t-elle, en descendant en piqué et en virant sur l'aile devant le tube du néon. C'est bien vrai. Non, ma chère, on ne veut pas de ça. Soudain, j'entendis quelqu'un sur le perron, alors j'ouvris la fenêtre en grand pour permettre à Delia de s'envoler avant d'aller à la porte.

Dans le vestibule, je sentis mon cœur cogner à l'intérieur de ma gorge. À travers le panneau de verre dépoli se dressait la silhouette d'un homme. Je savais que ça ne pouvait pas être lui, il ne frappait jamais. Mais mes jambes refusaient de bouger, alors je me penchai en avant, en espérant qu'elles rattraperaient mon corps. Sans savoir comment, je me traînai jusqu'à la porte et l'ouvris. Un jeune gars à l'air idiot voulait relever le compteur. Je ne saurais dire si je l'ai serré dans mes bras, j'espère que non, mais je ne peux pas affirmer que je ne l'ai pas fait. J'insistai pour qu'il me montre une pièce d'identité ; tout était bon pour l'empêcher de repartir trop vite. Hélas, il ne donnait pas l'impression qu'il serait très utile en cas de problème : trop chétif et tremblant.

Vous débutez ? lui demandai-je. Il fouilla dans son petit sac en bandoulière pendant une éternité.

Vous avez l'air un peu effrayé. Pourtant, on ne vous demande pas de fabriquer le compteur, vous savez. Il suffit de lire les chiffres. Excusez-moi, dit-il en m'écartant pour passer. Montrez-moi où se trouve le compteur, je vous prie. Oh, pardon, désolée, dis-je en le suivant dans le vestibule. Je vous ai vexé ? Non, madame, pas du tout. Par rapport à certaines maisons où je vais, vous êtes très polie. Et ce que vous avez mis dans le four sent rudement bon. J'en aurais pleuré, c'était tellement gentil. Je ne savais pas que vous travailliez le samedi, lui lançai-je alors qu'il s'éloignait, mais il ne répondit pas. Normal. C'était une remarque stupide.

Après son départ, je sortis dans le jardin. L'herbe était tondue, et je remarquai une rangée de bégonias que mon père avait dû planter quand ils étaient venus. Il y avait des taches de rouille sur les chaises du patio. Je m'assis. Le soleil faisait des clins d'œil dans les petites flaques. Sous les lauriers, dans sa petite boîte solide, était caché mon joli pactole. Dans le four, le ragoût mijotait. Des oiseaux sautèrent sur la table et me regardèrent de biais, avant de s'envoler. Une brise soulevait mes cheveux en rythme et les laissait retomber sur mon visage. Je commençai à avoir l'impression d'être le dernier être humain sur terre. Des maisons vides, des rues silencieuses, des voitures abandonnées, des écoles sans enfants s'étendaient autour de mon jardin, dans toutes les directions.

J'avais déjà complètement abandonné l'idée du ragoût, mais j'allai quand même le surveiller et j'épluchai des pommes de terre. Je dressai la table et sortis quelques bougies. Le soir était presque tombé quand il revint. Il paraissait avoir perdu son entrain. Il y a un truc qui sent bon, dit-il. Je lui servis un verre de vin et il s'affala sur une chaise dans la cuisine. Je lui demandai si ça allait. Il me répondit qu'il avait une gueule de bois carabinée. Il vida rapidement son verre et s'en servit un autre. Je soigne le mal par le mal, dit-il. J'écrasai les pommes de terre, puis ajoutai du beurre et du lait chaud. Il me demanda ce que je fabriquais. Des patates à la crème, répondis-je. Il me dit qu'il ne savait pas comment on faisait, alors je lui montrai. Debout près de moi, il m'écouta. Je lui fis goûter. Merde alors, c'est extra, dit-il.

J'allumai les bougies et débouchai une autre bouteille de vin. Tout était paisible. Assis tous les deux dans la chaleur de la cuisine, on mangea le ragoût et les pommes de terre. Il en reprit. Je l'observai pendant qu'il buvait son vin. Il était beau, avec ses épaules larges, son cou puissant et mat. La forme parfaite de ses lèvres. Tes cheveux sont longs, dis-je et je me levai pour me placer derrière lui. Je lui demandai la permission de les peigner. Si tu veux, répondit-il d'une voix endormie. Pendant que je coiffais ses boucles blondes, j'essayais de formuler les questions que j'avais répétées. Impossible. Il renversa la tête sur ma poitrine et je me penchai pour embrasser son front.

Il avait envie de s'écrouler dans le canapé, dit-il. Je me rendis à la salle de bains et verrouillai la porte. Je me regardai dans la glace au-dessus du lavabo et giflai mes joues ridiculement rosées. Qu'est-ce que je faisais ? Quelqu'un ne pouvait pas aller et venir comme ça. Il ne pouvait pas envahir la vie d'une autre personne sans y être invité. Abandonner quelqu'un dans une soirée. S'imposer à un enterrement familial. Assise sur la cuvette, je me frottai les yeux jusqu'à ce que je ne voie plus que des taches rouges. Je repensai à d'autres choses qu'il m'avait faites. Des choses que je l'avais laissé faire. Ce n'étaient pas des choses bien. Il n'était pas bien pour moi.

Outre le fait que j'avais probablement attrapé une sorte de MST dégueulasse, tous mes amis avaient disparu, et mes parents sanglotaient, leur tension atteignait des sommets à cet instant même car j'avais été horrible avec eux. Quand je l'imaginai étendu dans le canapé, mon front me démangea. J'avais envie de courir dans toute la maison, de ramasser les affaires pourries qu'il jetait un peu partout et de les balancer. Ses sous-vêtements mélangés aux miens dans le panier à linge me donnaient des haut-le-cœur. Je ne pouvais plus supporter sa présence chez moi. Tout devint intensément brillant et lisse, comme la surface d'un étang qui redevient calme après un jet de pierre.

Il fallait que je me débarrasse de lui. Il n'était pas trop tard pour remettre ma vie sur des rails, et même pour sauver mon boulot si je faisais un gros effort.

Je redescendis sans bruit, impatiente d'en finir. Je le secouai jusqu'à ce qu'il remue. Il finit par se réveiller. Qu'est-ce qui se passe, bordel ? Il se leva et jeta des coups d'œil autour de lui. Puis il me regarda en plissant les paupières. Tu as pété un plomb ? J'espère que tu as une bonne raison pour me réveiller. J'entendis ma voix dire que je voulais qu'il s'en aille de chez moi, qu'il sorte de ma vie. Je lui dis qu'il ne me plaisait même pas. Ma voix gazouillait comme celle d'un oiseau mécanique. Fiche le camp tout de suite, braillai-je. Et ne reviens pas. Tu ne m'aimes pas, tu ne me connais même pas. Il rit. Je martelai sa poitrine avec mes poings. Il trouva ça drôle. Alors, je le giflai.

Son expression changea immédiatement. Sa bouche devint hideuse. Du bout des doigts, il me tapota la joue trois fois, pas très fort, mais je perdis l'équilibre et tombai à la renverse ; ma tête heurta la table basse. Personne ne m'avait jamais fait ça. Il aurait pu tout aussi bien me défoncer le crâne avec une batte de base-ball. Je savais que le sang dans mes veines et mes artères avait des ratés. Couchée sur la moquette, je sentais les choses se coaguler. Je me trouvai stupide.

On va faire comme s'il ne s'était rien passé, dit-il en étirant ses bras au-dessus de sa tête et en bâillant. Il se pencha pour m'examiner, alors que je gisais au sol. Un jour, tu vas me casser les pieds une fois de trop, me dit-il sur le ton de la confidence, et il m'aida à me relever en remettant de l'ordre dans ma tenue. On le regrettera tous les deux. Je chancelai légèrement pendant qu'il se rallongeait dans le canapé et arrangeait les coussins sous sa tête. Fait chier, vraiment, dit-il dans un grognement en prenant ses aises. On passait un super moment. Barre-toi, j'ai envie de regarder la téloche.

Je suis au-dehors

J'errai dans les rues de mon quartier. Tous ces jolis jardins, ces pots de fleurs, ces treillis. C'était incroyable de voir le mal que se donnaient les gens pour décorer leurs petites parcelles de boue. Je me demandais pour quelle raison. On était tous posés si légèrement sur la croûte terrestre. N'importe quoi pouvait nous chasser. Les fleurs odorantes qui se déversaient par-dessus les murs des jardins me paraissaient pitoyables. Les arbustes soigneusement étayés me donnaient envie de pleurer tellement ils étaient pathétiques. On est tous des squelettes, pensai-je. On traîne nos os qui cliquettent, en caquetant, jusqu'à ce qu'on s'écroule et qu'on finisse sur le tas d'ordures. Et on peut juste sourire, sourire, sourire. À travers les fenêtres éclairées, j'apercevais des familles réunies, mais elles ne pouvaient pas me voir flotter comme un linceul dans les rues qui s'obscurcissaient.

Mon portable était déchargé. Je marchai jusqu'à ce que je trouve une cabine téléphonique qui ne soit pas vandalisée ou n'empeste pas la pisse. Je laissai un message à Alison pour lui dire que je regrettais tout ce qui s'était passé. Et que j'avais besoin d'elle. Je lui demandai si elle voulait bien qu'on se voie, bientôt, afin que je lui explique. Pour finir, je lui dis qu'elle me manquait et que je l'aimais énormément. À l'intérieur de cette cabine, j'avais l'impression d'être dans la peau de quelqu'un à qui on a autorisé un dernier appel avant qu'il disparaisse dans les enfers. Ensuite, je rentrai à la maison.

La télé jacassait toujours, et il dormait dans le canapé. Je montai et me préparai pour aller au lit. Avant d'éteindre la lampe de chevet, je mis mon portable à charger et le cachai sous le tour de lit. Je m'endormis aussitôt. Je me réveillai en entendant quelqu'un marcher dans la chambre. C'était encore la nuit. Il se tenait au pied du lit, avec mon portable à la main. Tu as un message, dit-il et il me lança le téléphone. De cette connasse qui se mêle de tout, Alison. Je croyais que tu l'avais envoyée sur les roses. Je me redressai et me jetai sur mon portable. Elle n'est pas la bienvenue dans cette maison, ajouta-t-il en ressortant de la chambre. C'est ma meilleure amie, lui lançai-je, telle une gamine de l'école primaire dans la cour de récréation. Et je murmurai sous les draps : je suis chez moi, elle a le droit de venir si j'en ai envie.

Au matin, je le laissai au lit. Avant de quitter la chambre sur la pointe des pieds, je l'observai en train de dormir. Son visage était parfaitement serein, et il n'émettait pas le moindre son. La cicatrice sur son torse était argentée maintenant. Elle était presque à l'endroit où on aurait pu lui extraire le cœur, avant de le recoudre grossièrement. Il soupira et roula sur le ventre. Il s'était couché avec son caleçon, qui remonta en faisant des plis quand il se tourna, laissant apparaître une fesse. On aurait dit une sorte de fruit exotique duveteux, mais je n'avais aucun désir de mordre dedans. Je m'habillai rapidement, en silence, et sortis sans même boire un verre d'eau. En m'éloignant de la maison, je me sentais à la fois grisée et alerte.

Alison et moi, on prit un brunch en ville, dans notre café préféré. On parla de ses enfants, de leurs professeurs et de Tom. Elle me dit que je ne manquais pas grand-chose au travail. On mangea des œufs brouillés et du saumon fumé, avec du jus d'orange. C'est moi qui régale, dit Alison. Elle m'annonça qu'ils refaisaient leur cuisine. J'observai son joli visage pendant qu'elle parlait et me concentrai sur la manière dont elle formait et projetait chaque mot. Il me semblait que, si je l'écoutais assez longtemps et attentivement, je pourrais assembler une sorte de radeau qui me ramènerait dans le monde tranquille de la décoration et du chemin de l'école, et que je finirais même par tomber sur mon ancien moi. La nourriture était délicieuse, je sentais qu'elle me faisait du bien. On convint de garder le contact. Elle ne me posa pas de questions et ne me donna pas son opinion sur ma façon de vivre. Je ne lui dis rien. On s'embrassa en se quittant.

Quand j'entrai chez moi, je sentis qu'il y avait du monde. La télé braillait, et il se passait quelque chose dans le salon. Je poussai la porte. La pièce semblait pleine d'enfants. Le garçon de la cafétéria était affalé dans le canapé ; deux bambins étaient coincés contre lui ; l'un dormait et l'autre tétait un biberon. Ils devaient avoir deux ou trois ans. Deux filles, de six et huit ans peut-être, couchées à plat ventre sur le tapis, regardaient la télé. Le salon sentait les vêtements crasseux et les cheveux sales. Aucun ne me prêta la moindre attention. Je refermai la porte et restai dans le vestibule. L'espace d'un instant, je crus même m'être trompée de maison.

Il était dans la cuisine, en train de faire griller du bacon. Qu'est-ce qui se passe ? lui demandai-je. Je prépare des sandwiches au bacon, répondit-il en balançant un torchon sur son épaule. Tu en veux un ? Je me laissai tomber sur une chaise. J'apercevais dans le jardin de derrière des jouets et un vélo cabossés. Je sentis toutes mes forces s'échapper par mes extrémités. Qui sont ces enfants ? parvins-je à articuler. Que font-ils dans ma maison ? Il se retourna et s'appuya contre la cuisinière, avec un grand sourire. C'est les miens, dit-il en croisant les bras. Où est le problème ? C'est juste pour une heure ou deux. J'ignorais que tu avais une famille, dis-je. Il me remit debout et me serra dans ses bras. Eh bien, maintenant, tu le sais. Tu es une gentille fille, je te récompenserai plus tard. Il m'embrassa sur la bouche avec fermeté.

J'ai une pleine maisonnée

Je n'avais nulle part où aller. J'étais chez moi et pourtant je ne savais pas quoi faire. Inutile de sortir dans les rues désertes. Mais rester à la maison ne me semblait pas possible. Elle était infestée d'étrangers. Il squattait la cuisine, ses gamins envahissaient le salon. Je restai dans le vestibule, à attendre. De temps en temps, un enfant sortait pour monter aux toilettes. Tous m'ignoraient. Je me regardai dans le miroir. J'étais bien là, assurément, debout dans le vestibule. Je vis mon visage prendre l'apparence de celui d'une femme qui pleure, mais aucune larme ne coula. Ma bouche affaissée avait l'air ridicule.

Un cri retentit dans la cuisine, et tous les enfants jaillirent du salon en braillant et en se bousculant. La bouffe est prête, l'entendis-je dire. Je demeurai sur le seuil de la cuisine. Assis un peu partout, en silence, ils mangeaient leurs sandwiches au bacon avec une profonde concentration. Qu'est-ce que je peux leur filer à boire ? demanda-t-il. Je montrai le jus de fruits. Pas sûr qu'ils aiment ça, dit-il.

Je les laissai et retournai dans le salon. Les deux petits étaient renversés dans le canapé, endormis. Je m'assis au bord d'une chaise et les examinai. Blonds l'un et l'autre, ils avaient des cils pâles et fournis. Un garçon et une fille, peut-être.

Je me parlai comme à une enfant, en écoutant respirer les bébés endormis. Je me dis que tout allait bien. Franchement, que demander de plus ? Mon amoureux me présente à ses enfants. Pourquoi en faire un drame ? Pourquoi être si troublée ? Je décidai de me comporter comme si tout cela était normal, et bien, même. Oui, voilà, c'était bien. Le genre de chose dont je pourrais rire avec mes amies au bureau autour de la fontaine à eau. Toutefois, une autre partie de moi-même demeurait sceptique. Elle faisait des remarques du genre : Quelles amies ? Ou encore : Quelle fontaine à eau ? Pour être tout à fait exacte, on n'en avait pas au bureau. Et puis, pardonne-moi, mais... *amoureux* ? Qui ça ? Elle ignorait ce qu'il éprouvait pour moi, mais ce n'était certainement pas l'amour fou. Je savais que tout cela était vrai. Je caressai la cuisse chaude d'un des bébés. Je me dis que les enfants n'y étaient pour rien. Mais je leur en voulais quand même. Dans ma tête, je les appelais les petits salopards. C'était triste, hein ?

En montant l'escalier, j'entendis quelqu'un dans ma chambre. J'étais réticente à découvrir qui c'était, mais une personne se comportant de manière naturelle se précipiterait pour le savoir, alors c'est ce que je fis. Le garçon chuchoteur de douze ans fouillait dans mes affaires. Qu'est-ce que tu fais là ? demandai-je. Il tenait un vêtement soyeux, un caraco, je crois, et le frottait entre ses mains. Rien, répondit-il de sa drôle de petite voix. Donne-moi ça, ordonnai-je. Tout de suite. Il le froissa dans son poing et le fourra dans sa poche. Qu'est-ce que tu vas faire ? demanda-t-il. Le dire à mon père ? Il passa devant moi sans se presser et descendit.

Je fermai les tiroirs et remis un peu d'ordre, puis me couchai sous les couvertures. Bien que crispée et transie de froid, je m'endormis rapidement. Une fois réveillée, je me levai aussitôt et me brossai les cheveux. Le sol de la salle de bains était mouillé et le rouleau de papier-toilette fini. Je nettoyai et redescendis. Il discutait avec une femme dans la cuisine. Je me fichais presque de savoir qui elle était. Installés à la table, ils fumaient et buvaient du café. En m'apercevant, elle toussota. C'était la femme que j'avais déjà vue.

Il se leva en se dépliant. La voici, dit-il en me tendant la main. Assieds-toi. Je songeai qu'ils étaient peut-être en train de parler de moi et qu'elle était en colère, mais pourtant elle paraissait très calme. Il se mit à lui masser les épaules, en me regardant fixement. Il attendait qu'il se passe quelque chose. Elle essaya de le repousser. Je m'étonnai qu'il ne réagisse pas. Au contraire, il continua à lui malaxer les épaules ; je voyais qu'elle avait mal. Des questions ? me demanda-t-il avec un sourire suffisant. Il lui expliqua que j'étais la reine des questionneuses. Elle n'arrête jamais, ajouta-t-il en riant. Pourquoi ? Où ? Comment ? Encore et toujours. Moi, j'ai une question, dit-elle. Pourquoi tu ne vas pas au diable ? Il s'étira. Vous avez certainement un tas de choses à vous raconter, dit-il. La femme ne répondit pas. Elle attendit qu'il parte. Il nous regarda tour à tour, plusieurs fois. Finalement, il s'en alla.

Quel branleur, lâcha-t-elle. Il espérait une scène. Deux femmes qui se battent pour lui. C'est le genre de truc qu'il adore. Elle alluma une cigarette. Bon, qu'est-ce que vous voulez savoir ? Elle se renversa contre le dossier de la chaise. Demandez-moi n'importe quoi. Elle était incroyablement mince et blanche. Comme quelqu'un qui a passé sa vie dans une grotte souterraine.

Pendant qu'elle aspirait de longues bouffées de sa cigarette, je lui demandai si elle était sa femme. Mon Dieu, non, dit-elle avec un petit rire de poitrinaire. Aucune personne saine d'esprit ne pourrait épouser ce sale individu. Mais vous vivez avec lui ? Je sentais que je devais poser la question, même si cela me laissait indifférente. Ces enfants, ce sont les vôtres ? Elle se pencha au-dessus de la table et couvrit ma main avec la sienne. Elle paraissait gentille, inoffensive ; totalement falote. Même ses yeux étaient pâles, semblables à de l'eau solidifiée. Oui, dit-elle, je vis avec lui, par intermittence. Ou plutôt, je devrais dire qu'il vit avec moi de temps en temps, quand l'envie le prend. Mais pas en ce moment, bien sûr, de toute évidence. Et certains de ces enfants sont les siens, oui. Moi, ce que je voudrais savoir, c'est comment quelqu'un dans votre genre s'est retrouvé avec lui ?

Je n'avais pas la réponse. Les événements des derniers mois étaient comme des larmes dans un étang. Il m'a plus ou moins aspirée, je suppose, dis-je. Vous voyez ? Oh, oui, dit-elle. C'est le champion des aspirateurs. Mais vous le savez déjà, hein ? Écoutez, ajouta-t-elle en se redressant, je sais qu'il est superbe. Et pas mal au plumard. Et alors ? C'est quand même une véritable merde. Elle écrasa sa cigarette. Ça me regarde pas, mais je vais vous dire une chose : vous n'êtes pas la première. J'ai perdu le compte. C'est alors que les gamins débarquèrent. Foutez le camp dehors ! leur cria-t-elle. Attendez dans le jardin devant la maison.

Elle se leva comme si ses articulations étaient ankylosées et posa la main sur mon épaule. Ne le prenez pas mal, dit-elle, mais, si j'ai un conseil à vous donner…, débarrassez-vous de lui le plus vite possible. Elle me secoua doucement avec sa main fragile. Sinon, il va vous sucer jusqu'à la moelle. Avec son pouce, elle montra sa poitrine creuse. Regardez-moi, nom d'un chien. On s'observa. Vous avez encore un emploi ? Je hochai la tête. Mais plus pour longtemps si vous ne réagissez pas rapidement. Pas vrai ? Je hochai de nouveau la tête.

Merci, dis-je alors qu'elle s'en allait. J'avais envie qu'elle reste avec moi. Elle réapparut sur le seuil, en tenant un enfant endormi sous chaque bras, comme des sacs de linge. Bonne chance, dit-elle. Vous en aurez besoin. Il sait se montrer irrésistible quand il veut quelque chose. Elle engloba le décor d'un geste. Et tout ça est très confortable pour lui, à ce que je vois. Elle m'adressa un petit sourire. Je sais, je ne donne pas l'exemple. Laissez-moi deviner : vous vous êtes fâchée avec vos amis ? Rabibochez-vous avec eux. Vous aurez besoin du maximum d'amis.

Le silence était revenu dans la maison ; je m'assis pour l'absorber. Puis j'entrepris de ranger. Il y avait énormément de choses à faire, mais j'allai jusqu'au bout en me traînant. Il me semblait important de tout nettoyer et de remettre de l'ordre, c'est pourquoi je ne m'arrêtai qu'après avoir fini. J'ouvris la porte de derrière et les fenêtres, mais l'odeur de fumée et de bacon persista. Celle des vieux vêtements et des enfants crasseux avait envahi le salon, alors j'allumai une bougie parfumée. Après quoi, je préparai à toute vitesse un poulet au curry avec les restes, débouchai une bouteille de vin et commençai à boire.

Quand il revint, il se laissa tomber dans le canapé, alluma la télé et ouvrit la première boîte de bière du pack de six qu'il avait acheté. Je lui servis à manger sur un plateau. Je titubais, mais il semblait s'en moquer. Il n'avait pas très faim, apparemment.

En revanche, il but plusieurs bières. Il tripatouilla le curry qui refroidissait, avec sa fourchette, sans cesser de fumer, en regardant la télé. Je me postai près de lui, mon verre de vin à la main. Pourquoi tu ne m'as pas dit que tu fréquentais déjà quelqu'un ? demandai-je en renversant un peu de vin sur la table basse. Zut, dis-je. Et combien d'autres gamins as-tu ? Combien d'autres femmes ? Il continua à boire, le visage cramoisi. Réponds-moi, sanglotai-je en tapant dans son pied avec le mien.

Il me cria de m'écarter de la télé, alors je me plantai devant. Il ne me le répéterait pas, dit-il. Je m'emparai de la télécommande posée sur ses genoux et passai d'une chaîne à l'autre. Je voulais qu'il se passe quelque chose, et ça me semblait être un bon début. C'était drôle de le voir essayer de m'attraper pendant que je sautillais dans tous les coins, mais je ne riais pas. Je m'entendais pleurer. Il perdit l'équilibre et tomba dans le fauteuil. En le regardant respirer bruyamment, je pris peur. Il transpirait, il serrait les poings. Soudain, impossible de me souvenir pourquoi nous nous battions. J'avais l'impression que quelqu'un m'avait entièrement vidée, comme un sac en désordre.

J'ai des bleus à l'âme

Il se leva d'un bond et renversa la bougie. De la cire chaude éclaboussa la table basse. Je suis navrée, dis-je en la replaçant dans le bougeoir. Je suis ivre, je ne sais pas ce que je fais. Il respirait bruyamment. Je te conseille de te barrer de mon chemin, dit-il en me poussant pour passer. Tu peux t'estimer heureuse que je ne t'en colle pas une, crois-moi. Il se rendit dans la cuisine et laissa tomber dans l'eau de vaisselle l'assiette de curry à laquelle il n'avait pas touché. Je le suivis. De la sauce maculait tous les plats dans l'évier et se répandait dans l'eau. Des morceaux de poulet flottaient. Nom de Dieu, dit-il en me pinçant violemment l'épaule, arrête de me suivre. Tu te prends pour mon toutou ou quoi ?

J'essayai de le serrer dans mes bras. Je n'aimais pas qu'il soit en colère contre moi. Fous-moi la paix avant que je fasse un truc que tu regretteras ! cria-t-il. Le curry ne te plaît pas ? demandai-je. Tu veux que je te fasse autre chose ? Un bol de soupe ? Un sandwich ? Je voulais me taire, mais je n'y arrivais pas. C'était une autre fille qui titubait dans la maison, s'excusait et essayait de l'enlacer. Il approcha son visage du mien, encore une fois. Il aimait bien ça, imposer sa présence aux gens. Va te faire voir, OK ? dit-il lentement en ponctuant chaque mot d'un coup violent dans ma poitrine. Je reculai petit à petit, jusqu'à me retrouver plaquée contre le mur. Il monta d'un pas lourd.

Je m'assis au bord du canapé et contemplai mon assiette intacte. Je me dis que je devrais peut-être manger le naan, mais je n'y touchai pas. Mon épaule me faisait mal. Je sentais encore la forme de sa main. *Coronation Street* venait de débuter à la télé. L'odeur de la bougie éteinte flottait dans la pièce. Je guettais les bruits venant d'en haut. Les endroits où il m'avait poussée étaient comme des trous profonds et brûlants. Je l'entendis tirer la chasse d'eau et se rendre dans la chambre. Puis ce qui ressemblait à des tiroirs que l'on ouvre et que l'on ferme. La porte de la penderie grinça. Un bruit sourd ensuite. Toute la tension de cette écoute se concentra dans le bas de ma nuque.

Il était 19 h 43 quand il ouvrit la porte d'entrée et la claqua derrière lui. Je montai dans la chambre en courant. Mes vêtements étaient éparpillés sur le lit et dépassaient des tiroirs. Il avait cherché de l'argent. Puis il était parti. Il n'y avait personne d'autre avec moi. Je le savais. Pas de fille imaginaire, en train de sangloter dans une pièce voisine. Allongée sur le lit, je ramassai la chemise qu'il avait jetée par terre. Je reniflai les aisselles.

Il faisait froid dans la chambre. J'aménageai un trou douillet dans l'oreiller et essayai de fermer les yeux. Chaque fois, quelque chose les rouvrait brutalement. Malgré tout, je finis par m'endormir.

Quand je me réveillai, la lumière des lampadaires entrait dans la pièce, zébrée et lugubre. Secouée de frissons, je me remémorai mon rêve. J'étais dans une caverne tapissée de paille. Allongée entre les pattes d'une lionne adulte. Elle ronronnait, son visage tout près du mien. Son haleine sentait la viande rance. Je regardais ses paupières endormies, ses cils. Sa respiration était profonde. Couchées là, côte à côte, on avait chaud, on était détendues. Sa patte arrière reposait sur moi et retombait derrière mes genoux repliés. Mes bras enlaçaient l'épaisse fourrure de son cou. Peu à peu, je pris conscience du danger qui me menaçait. Je dégageai mes bras et soulevai sa patte arrière. J'essayai de me libérer centimètre par centimètre. Elle se redressa et montra les dents ; ses yeux jaunes s'écarquillèrent immédiatement. On se regarda. Puis je me réveillai. Je me souvenais d'avoir contemplé mon propre visage à travers les yeux de la lionne. Je me redressai dans le lit. La maison était silencieuse. Je me rappelai que j'étais seule.

Dans la salle de bains, je m'assis sur le siège des toilettes et appuyai ma tête contre le lavabo. Le robinet gouttait. Dans la baignoire, il y avait une araignée et quelques poils pubiens blonds. Je me penchai pour les récupérer. L'araignée fonça vers le trou d'évacuation. Je ne te veux pas, dis-je. J'ouvris la fenêtre et laissai les poils s'envoler dans la nuit. L'air chargé de pluie envahit la salle de bains. J'entendais les bruissements des voitures. Je me demandais où il pouvait bien être. Avec qui.

Je regardai mon reflet dans le miroir et tirai sur le col de mon pull. Un suçon sombre était apparu dans mon cou. Et plus bas, la forme de sa main. Je fis couler la douche et me déshabillai. Quatre gros bleus semblables à des violettes avaient éclos, deux près de ma clavicule, deux sur mon sein droit. Ma peau se couvrit de chair de poule. Je tournai le mitigeur sur chaud et laissai le jet d'eau marteler mes épaules. C'était facile de pleurer sous le déluge, pourtant je ne pleurai pas. J'avais le dos en feu, mais je ne bougeai pas. Puis je me lavai. Je ressortis dans l'air froid et enfilai son peignoir en éponge. Je pris une boîte dans l'armoire de toilette et l'ouvris. Assise sur la cuvette, je lus les instructions. Et je pissai sur le bâtonnet. L'urine chaude jaillit sur mes doigts. Et voilà. Je regardai se former un parfait trait bleu, éclatant comme un ciel d'été.

Je fais la culbute

Et je me retrouvai seule. Seule pendant trois jours peut-être, ou quatre. Environ quatre jours, je pense. Et durant tout ce temps, je restai assise au pied de l'escalier, et je somnolai. Je n'étais pas vraiment seule, d'une certaine façon. J'avais en moi cette petite virgule qui était un bébé, même si je ne me sentais pas capable d'y penser énormément. Parfois, je me levais et errais à l'intérieur de la maison. Dans l'évier de la cuisine, le curry se figeait. Je grignotai le naan durci que j'avais oublié près du canapé. Je laissai la télé allumée. Je faisais comme si c'était un environnement quotidien.

Je descendis la couette de mon lit et m'installai un coin couchage au pied de l'escalier. Il fallait que je reste près de la porte d'entrée. J'avais du chocolat dans mon sac, je le rationnai. Je buvais beaucoup d'eau. Tous les matins à huit heures trente, le facteur arrivait. Chaque fois, je croyais que c'était lui qui revenait. Je reçus une lettre, du bureau. Ils regrettaient de devoir me licencier. Je décidai d'y réfléchir plus tard.

Je pris une douche quand je vis le ciel s'éclaircir et me lavai les cheveux. Je les laissai sécher naturellement. Mes boucles réapparurent, et je ne les contrariai pas. Je me parfumai. Je changeai de chemise de nuit. Un soir, il revint avec deux amies. Il m'ignora, alors que j'étais assise au pied de l'escalier. Ils passèrent dans le salon. Une des femmes se rendit dans la cuisine. Je l'entendis débarrasser. Ils mirent de la musique. Ça ressemblait à une fête.

Pensant que je devais me montrer, je les rejoignis dans le salon. Les deux femmes dansaient enlacées, en se caressant. Elles buvaient au goulot, avec des gestes indolents. L'une riait et frottait sa cuisse contre l'entrejambe de l'autre. Allongé sur le canapé, il fumait quelque chose qui créait une odeur épaisse et il observait les deux femmes, les yeux mi-clos. Il avait enlevé sa chemise. Ses pieds étaient nus. Peut-être était-il en train de rêver. Nul ne semblait m'avoir remarquée. Je m'assis dans un fauteuil et m'enveloppai dans la couette. Avec sa main libre, il massait lentement son bas-ventre.

Même sous la couette j'avais froid. Je sentais que je devrais aller me coucher. Il se leva, et ils se mirent à danser tous les trois. Les femmes avaient la poitrine à l'air, maintenant. Il pressait les seins de la blonde et obligeait l'autre à lui sucer les mamelons. Je me levai en enroulant la couette autour de moi. Je m'arrêtai sur le seuil. Il ôta la jupe de la blonde ; elle paraissait ivre, molle. Dessous, elle était nue. Il la fit se pencher sur le dossier du fauteuil.

Avec l'autre femme, ils commencèrent à lui caresser les fesses. Il lui écarta délicatement les jambes.

Ils promenèrent leurs doigts entre ses fesses, là où la peau était plus sombre, comme un hématome. Ils la fessèrent tour à tour, de plus en plus fort. Elle bascula par-dessus le dossier du fauteuil et resta dans cette position, la tête dans le coussin, les bras pendant devant elle. Je l'entendais gémir. Je regardais la scène du seuil. On aurait dit qu'elle dormait. Il tenait une bouteille de bière vide. Il la tendit à la brune. Celle-ci l'introduisit dans l'anus de la femme endormie, à deux mains, et la remua légèrement de droite à gauche. Elle la colla contre elle à la manière d'un pénis. Il riait. Je vis la bouteille brillante pénétrer centimètre par centimètre. Et la dilater. Elle semblait ne s'apercevoir de rien. J'entendis un petit tintement. La femme endormie urinait contre le dossier du fauteuil. Ils la laissèrent dans cette position, avec la bouteille qui saillait de son corps.

De là-haut, dans la chambre, la musique ressemblait à un battement de cœur, étrangement réconfortant. Je m'allongeai sur le lit. Incapable de contrôler mes frissons. Ma mâchoire était crispée, mes dents vibraient les unes contre les autres. Puis je me sentis partir, chaque pulsation de la musique m'entraînait un peu plus loin dans un endroit sombre et sûr.

Je me réveillai à la seconde même où la lumière s'alluma. Les deux femmes étaient là. Elles paraissaient ivres et heureuses. Il souleva les couvertures et me tira vers le pied du lit, par les chevilles. Je hurlai en tombant sur le plancher. Il me cria au visage une chose que je ne compris pas. Je m'accrochai à sa jambe, je lui demandai de me laisser rester. Il me repoussa d'un coup de pied. Je rampai jusqu'au palier. Il me suivit. La femme l'appelait, avec un rire guttural. Je m'agenouillai devant lui. Je t'en supplie, laisse-moi rester, dis-je. J'embrassai ses pieds. Tu m'as foutu en rogne pour de bon, dit-il sans élever la voix. Tout ça, c'est ta putain de faute. Et il me décocha un autre coup de pied, de toutes ses forces. J'eus l'impression d'être un sac de vieilles chaussures qui dégringole l'escalier. Je pensai à mon minuscule bébé. J'imaginai ses embryons de bras qui s'agitaient dans le vide, ses lèvres rudimentaires qui faisaient ouille, ouille, ouille. J'espérais qu'il était bien protégé, tout au fond de moi.

Je saigne en public

Alison dit que je devrais manger. Elle se dirigea vers le comptoir et commanda des œufs pochés. On occupait un box près de la vitre. J'ôtai mon manteau mouillé et massai mes épaules humides. Mon visage me démangeait en séchant. Dehors, la pluie tombait à la manière d'un lundi matin, droite et incessante. Je regardais la rue. Rien ne se passait. Dans la cafétéria, ils diffusaient des thèmes de *La Mélodie du bonheur* à la flûte de Pan. Alison revint à notre table. Franchement, il y a de quoi rire, dit-elle. De la flûte de Pan ! Elle s'assit et ouvrit son imperméable. Ne me hais pas, dis-je, mais j'aime beaucoup le son de la flûte de Pan. On chanta « Comment résoudre le cas de Maria ? » C'est de circonstance, dis-je. Alison ne sourit pas. Ah, celle-là, je l'adore, dis-je, *Edelweiss*. Je suis choquée, dit-elle. Je ne t'avais jamais imaginée en fan d'*Edelweiss*.

Il y eut un moment de silence, pendant qu'elle se débarrassait à moitié de son imperméable. Alison, dis-je, tu ne me connais pas du tout. D'ailleurs, à la réflexion, je ne me connais plus moi-même. Je suis enceinte. Je lui épelai : E.N.C.L.O.Q.U.E. Comme elle me regardait d'un air vide, j'ajoutai : engrossée. J'ai un polichinelle dans le tiroir. J'essayai de fredonner *I Whistle a Happy Tune*...[1] Je vis qu'Alison ne reconnaissait pas l'air.

OK, dit-elle. Cette fois, c'est bon. Je préviens tes parents. Ils doivent savoir ce qui se passe. Je me levai pour m'en aller. Si tu fais ça, je ne te parle plus, menaçai-je. Je ne te pardonnerai jamais. Promets-moi de ne pas le faire. Mais pourquoi ? demanda-t-elle. Pourquoi tu ne veux pas les laisser s'occuper de toi ? Ils t'aiment. Je lui répondis que je le savais. C'est compliqué, dis-je. Toute cette merde, c'est un truc que je dois régler seule, pour une fois. Sinon, je ne grandirai jamais. Dis-moi que tu comprends. Oui, oui, je vois, dit-elle lentement, et elle m'observa avec gravité. Dis-le, alors. D'accord, je promets, dit-elle. Mais uniquement pour cette fois. Et je vais te prendre rendez-vous chez le médecin. Inutile de discuter. Je me rassis. Je me suis fourrée dans ce pétrin, dis-je, je sais que je peux m'en sortir. Elle eut la bonté de ne pas répondre.

Une serveuse apporta mes œufs. Je poignardai les jaunes tremblotants et les regardai couler. C'est amusant, hein ? commentai-je. On dirait qu'on mange toujours des œufs quand on se voit. Elle

1. « Je sifflote une mélodie joyeuse. »

ne releva pas. Elle n'avait pas prononcé un mot depuis un moment. Tu devrais manger un peu, dit-elle finalement. Allez, s'il te plaît, essaye d'avaler quelques bouchées. Les larmes troublaient ses yeux. Elle me demanda si j'avais besoin d'argent, pendant qu'elle me regardait piquer un morceau de blanc d'œuf au bout de ma fourchette. Avant d'atteindre ma bouche, il glissa. Sauvé, dis-je. Encore un peu de café ? proposa-t-elle en se levant. Je vais leur demander d'ajouter du lait. Elle regarda mes mains tremblantes et se mordit la lèvre. Je n'en ai pas pour longtemps, précisa-t-elle, et elle s'éloigna.

Je la regardai se diriger précipitamment vers le comptoir. Elle me faisait l'impression d'être une personne que j'avais connue dans une autre dimension. Et aimée. Quand elle revint avec deux tasses de café, elle me dit qu'il était temps que je lui raconte ce qui se passait. Elle sucra mon café et le remua. Bois d'abord. J'ouvris la bouche. J'avais vraiment envie de tout déballer mais, bizarrement, je manquais de mots. En un sens, c'était lamentablement prévisible. Si j'étalais l'histoire devant Alison, elle la ferait se volatiliser, avec ses yeux bleus si clairs, si facilement que je ne lui pardonnerais jamais. Peut-être avais-je envie d'y voir une sorte de tragédie, totalement unique, tout en sachant que ce n'était pas vraiment le cas. Finalement, je dis : Merci quand même pour le fric. Le problème, ce n'est pas l'argent.

Je lui dis que j'avais la migraine. Elle trouva des cachets dans son sac. Tu crois que tu peux continuer à en prendre ? demanda-t-elle en éloignant la plaquette de ma main. File-moi ces putains de cachets, nom d'un chien ! Après que j'avais été balancée dans les escaliers, deux petits cachets n'allaient rien changer. Je pourrais sans doute avaler toute la boîte. Je suis invincible. Ne parle pas comme ça, dit-elle. Mon cerveau était lourd. Je sentais que mon front allait tomber. J'appuyai ma tête dans mes mains. Mon Dieu, dit Alison, et elle se pencha pour toucher mon front. Il a fait ça ? Sa main était fraîche. Au moment même où elle entrait en contact avec ma peau, un sang d'un éclat saisissant jaillit de mon nez et s'écrasa telles de grosses pièces de monnaie sur mes œufs en bouillie.

Je ne peux pas m'en empêcher

Cela me donna le temps de réfléchir, cette semaine passée seule dans ma maison. Je me demandai pourquoi je devrais me soucier de la solitude. C'était ce que je désirais, après tout. Peut-être était-il parti pour de bon. Je fis quelques plans. Très simples. Puis il revint, et je dus les modifier. Ce fut difficile, comme si la partie de mon cerveau qui connaissait les décisions bénéfiques pour moi était en désaccord avec la partie de mon cœur qui le connaissait, lui. Je parvins malgré tout, je ne sais comment, à éclaircir les choses.

Il se comporta comme s'il ne s'était rien passé. Il dormait et regardait la télé principalement. J'appelai Alison. Tu n'es pas seule ? me demanda-t-elle. Je lui dis que je voulais la voir. On convint de se retrouver très vite. Juste avant qu'elle raccroche, je lui confiai que j'avais un plan. Tu vas le quitter ? demanda-t-elle. Disons que l'un de nous d'eux va s'en aller. Elle voulut savoir ce que ça signifiait. Attends, tu verras, répondis-je.

Je m'assis à côté de lui dans le canapé. Il passa son bras autour de mes épaules et m'embrassa. J'ouvris la bouche par automatisme. Lève-toi, ordonna-t-il. Enlève ton chemisier. Pendant que je défaisais les boutons, je lui demandai si je devais éteindre la télé. Non, j'attends le foot. Il m'ordonna d'enlever mon pantalon. Alors que j'abaissais la fermeture éclair, je sentis que je me séparais en deux. Une partie de moi-même décolla du sol et plana au-dessus du téléviseur. L'autre partie vint se concentrer entre mes cuisses. Je commençais à me liquéfier chaudement.

J'avançai vers lui et tendis mon ventre en direction de sa bouche. Embrasse-moi, demandai-je. Dis-moi que tu m'aimes. Cela me semblait très important qu'il me le dise. Dis « Je t'aime », insistai-je. Non. Il releva mon soutien-gorge sur mes seins et enfonça ses index au-dessus des mamelons. Qu'est-ce que tu ressens ? demanda-t-il. Qu'est-ce que tu veux ? Je t'écœure ? Dis-le-moi. Il agrippa l'élastique de ma culotte et le roula en boule dans son poing, en tirant vers le haut. Je me rapprochai de lui en titubant. Ça te fait mal ? Je sentais la morsure du tissu de plus en plus fin et tendu, je sentais une faible pulsation dans mon anus. Tu aimes ? Oui, dis-je. Tu ne peux pas te passer de moi, hein, pauvre petite ? Tu as besoin de moi. Je crois que je vais revenir pour de bon. Et je ne partirai plus jamais. Je sais que c'est ce que tu veux, en réalité.

Sans me lâcher, il défit son pantalon et le laissa glisser. Je libérai sa queue. J'avais envie de la mordre violemment. Non, pas de ça, dit-il. Il me poussa et je me retrouvai allongée sur le canapé. Vas-y, maintenant, dis-je dans ses cheveux blonds. Il écarta le tissu tendu et introduisit en force son pénis dans l'ouverture étroite. Ça fait mal, dit-il, et il tira encore plus fort. Quand on jouit, il dit : Regarde-moi, dans les yeux. Mais j'empoignai ses cheveux et observai mon autre moi, qui flottait dans la pièce. Je pensai : elle doit avoir pitié de moi. En la regardant, je voyais flotter mon plan.

Je creuse sans faire attention

Le lendemain matin, je restai éveillée dans mon lit. À six heures, je décidai de me lever. Je voulais agir sans le déranger. Il était allongé sur le dos, une jambe étendue en travers de mes cuisses. Je commençai à le repousser. Il grogna et se tourna sur le côté, face à moi. Il balança son bras sur ma poitrine. Je demeurai immobile, en respirant le plus doucement possible. Sa tête appuyée sur mes cheveux me tirait les racines. Je les dégageai délicatement. Je me dis que je devrais attendre un peu, mais il faisait déjà presque jour. J'entendais les oiseaux qui se réveillaient. Je le regardai dormir. Je l'embrassai sur la bouche ; elle était fraîche et douce. Fais de beaux rêves, lui murmurai-je à l'oreille. Je quittai le lit centimètre par centimètre et refermai la porte de la chambre sans faire de bruit.

Il me fallut un certain temps pour trouver la clé de la porte de derrière. Sans cesser de guetter les bruits venant d'en haut. Il avait bu beaucoup la veille au soir, et je me sentais rassurée.

Le dallage du patio était humide sous mes pieds nus, semblable à la peau d'un reptile. J'avais oublié mon peignoir. L'air brumeux caressait de manière agréable mes bras, alors que je cherchais le déplantoir derrière quelques gros pots. Il commençait à bruiner. Je sentais une forte odeur matinale, inhabituelle, de terre et d'arbres. Je m'agenouillai et entrepris de creuser sous le laurier. De la boue effritée aspergeait ma chemise de nuit. La pluie fit son apparition. J'entendais les gouttes épaisses frapper les grandes feuilles au-dessus de moi.

Enfin, j'extirpai la boîte rouge. La surface peinte cloquait déjà. Je la posai sur mes genoux : elle était lourde et glacée. Agenouillée au milieu des feuilles de laurier, je tournai la fine clé filigranée dans la serrure et soulevai le couvercle. Je sortis le sac en plastique. Avec mes doigts crottés, je tripotai les liasses de billets à travers la surface opaque. Je me mis à sangloter en silence. C'était comme si j'avais découvert la porte d'un autre monde, qui s'ouvrait sans bruit. Je me redressai et sortis du buisson de laurier.

Il m'attendait, avec ses cheveux ébouriffés par le sommeil. Espèce de salope, dit-il, et il m'arracha le sac des mains. Sale petite cachottière. Il fouilla dans le sac. Tu m'as piqué du fric. Je faillis rire, tellement c'était faux. Je le traitai de menteur en hurlant. J'avais toujours tout payé. Je le regardai lever le bras et me gifler de toutes ses forces. Le bruit de sa paume s'écrasant sur mon oreille et ma pommette ne ressemblait pas à celui que j'avais entendu dans les films. Je tombai à genoux, lourdement. J'étais aveugle, comme si le coup avait projeté mes yeux sur les dalles. Je me mis à quatre pattes, en sentant ma mâchoire craquer comme une charnière brisée. Il s'éloigna dans le patio et claqua la porte derrière lui. Il avait emporté tout mon argent.

Je me sens vide parfois

Après avoir nettoyé mes coupures, je me maquillai. Mon visage dans le miroir ne me reconnut pas. Cette fille avait des yeux différents de ceux que j'avais toujours cru avoir. Ses cheveux étaient plus fins, plus plats que les miens. Elle avait une bouche déçue. Ensuite, impossible de me réchauffer, impossible de rester dans la maison. C'était elle qui vivait ici, pas moi. Je marchai jusqu'en ville. J'avais oublié que c'était si long. Des gravillons et des papiers gras tourbillonnaient dans le vent. Dans la rue principale, les gens s'affairaient ; ils entraient dans les boutiques et en sortaient. Je me demandais ce qu'ils trouvaient à faire. Je tombai sur Alison. Elle m'expliqua que c'était son heure de déjeuner ; elle avait entendu une rumeur selon laquelle j'avais été virée. On entra dans une sandwicherie. Elle m'acheta quelque chose à manger et à boire. Je ne pouvais pas mâcher.

Alison me prit les mains. Qu'est-il arrivé à ton visage ? C'est lui qui t'a fait ça, hein ? Ça devient totalement incontrôlable, dit-elle, et ses yeux s'emplirent de larmes. J'avais énormément de peine pour elle, mais je ne pouvais pas parler. Tu n'es pas obligée de me le dire si tu ne veux pas. Je devine, de toute façon. Écoute-moi, dit-elle. Il faut que tu viennes t'installer avec Tom et moi. Tom ne verra pas d'inconvénient à ce que tu dormes dans la chambre d'amis. Tu sais combien il est doué pour gérer les crises. Je lui répondis que je devais rentrer chez moi. J'aurais pu hurler, là dans la sandwicherie, en songeant à la boîte rouge et vide renversée sur les dalles du patio. Mais pourquoi ? demanda-t-elle, pourquoi dois-tu rentrer ? Je ne te comprends pas. Je devrais sans doute aller voir la police, dit-elle. Apparemment, tu n'es pas prête à te protéger. Pourquoi faut-il que tu retournes vers lui ? C'est comme ça, dis-je. Difficile à expliquer. Je me levai de table. Tu n'as rien mangé, dit-elle, et elle se mit à pleurer. Non, je t'en prie, dis-je. J'avais l'impression de la regarder d'en haut, d'un endroit mouvant et précaire. Je sais ce que je dois faire maintenant, déclarai-je. Encore une fois, qu'est-ce que ça signifie, bon Dieu ? demanda-t-elle.

Je pris le bus pour rentrer. En remontant l'allée du jardin, je vis que la porte était entrouverte. Je la poussai et pénétrai dans le vestibule. La maison dégageait un sentiment de vide. Un air froid traversait les pièces. Je me rendis dans le salon. Il ne restait que le meuble télé et le fauteuil taché d'urine. Un vase en verre gisait dans la cheminée, sur le ventre. Des journaux se soulevaient et retombaient en faisant le bruit de quelqu'un qui racle le sol avec de vieilles pantoufles. Je me perchai au bord du fauteuil et jetai un coup d'œil dans la salle à manger. La table avait disparu. Une chaise solitaire trônait au centre de la pièce.

Je fis un gros effort pour monter l'escalier. Dans ma chambre, il ne restait que le lit. Le contenu de la commode et de la penderie avait été entassé dans un coin. Un mot était collé à la tête de lit, avec du chewing-gum : *Je me suis foutu dans une sale histoire. J'avais besoin de fric rapidement. Ces meubles sont merdiques, de toute façon. À plus tard.* Je me couchai et remontai les couvertures qui sentaient le moisi. Je me dis que je devais dormir en attendant.

Je rêve, baby

J'entendais un reniflement. Puis je sentis quelque chose de chaud appuyer contre mes côtes. Une petite forme respirait sous les draps. J'avais peur de les soulever, mais il le fallait. Lentement, lentement, je me redressai presque en position assise, et repoussai le couvre-lit. C'était un nouveau-né, douillettement enveloppé dans un drap en coton. Seul son visage dépassait. Sa bouche était pâle, d'une couleur légèrement lavande. Comme une fleur restée trop longtemps à l'ombre. J'approchai mon visage de ses lèvres. Son souffle ressemblait à celui d'une rose sans parfum, uniquement entourée de son propre arôme.

J'embrassai le bébé sur la bouche en laissant mes lèvres posées sur les siennes. J'avais envie de pénétrer dans sa douceur, son insouciance, pendant qu'il dormait. Je ne le dérangeai pas. J'avais l'impression qu'il disparaissait déjà, il se dissolvait dans les draps. La lumière était terne dans la chambre, mais autour du bébé grandissait une auréole éclatante. Sans doute l'amour pur, pensai-je. Je savais qu'il n'était pas réel, mais je l'embrassai de nouveau. Son nez était froid. Obligée de me lever pour faire pipi, je le laissai dans le lit. Quand je revins, il avait disparu. Le lit était glacé. Aucun creux n'indiquait où il avait pu se trouver. Aucun drap n'avait été repoussé.

Il n'y avait rien à faire. Ma maison regorgeait de choses brisées et inutiles. Il avait emporté tous les objets de valeur. Je remontai dans le lit et m'enroulai dans la couette. J'espérai, avant de m'endormir, que je rêverais encore du bébé. Je voulais voir son visage doux. Je fermai les yeux, je sentis mon corps se détendre et ma tête se dilater, jusqu'à devenir assez grande pour que je rampe à l'intérieur. Je suis dans une pièce où deux personnes m'attendent. Je dois m'occuper de leur enfant. Il n'est pas plus grand qu'une aiguille à coudre. On vous fait confiance, disent-ils, et ils me saluent d'un geste.

Maintenant, je marche dans une foule en tenant l'enfant-aiguille dans mes mains jointes. On est à la foire. De la musique me souffle au visage. Le bébé n'est pas à son aise. Il émet un petit miaulement, alors je le dépose dans une soucoupe dont le bord s'orne d'une guirlande d'œillets d'Inde peints. Je pense qu'il ne risque rien, dans cette soucoupe. Il y a une attraction. Deux hommes avalent du feu sur des bâtons; les flammes ressemblent à de la barbe à papa tremblotante. Des gens bousculent la main qui tient la soucoupe.

Le bébé flotte dans une flaque de lait. Laisse-toi aller, mon petit trésor à moi, dis-je. Je tiens la soucoupe à hauteur d'œil. Le bébé nu est heureux. Rose et blanc. Il sourit avec ses lèvres minuscules, ses yeux sont des points lumineux. Je sais qu'il me fait confiance. Les œillets d'Inde l'enveloppent.

Soudain, tout le monde doit se mettre à courir. Un élément mauvais traverse le ciel, mange les nuages et les étoiles, avale le soleil tout entier, comme une pêche au sirop. Une bouche invisible produit un son à haute fréquence que seuls les chiens peuvent entendre. Le bébé dans ma soucoupe a peur ; il patauge dans son lait et s'accroche au bord de la soucoupe. Ses jointures sont des taches blanches ; il crie comme un chaton au fond d'un puits. Ses yeux projettent des étincelles de néon.

La chose dans le ciel émet un grondement grave, comme une créature datant d'avant la naissance du monde. C'est le son que produit un dieu en colère. Ce rugissement grave fait exploser les arbres. Des pierres bouillonnantes expulsent des jets de liquide brûlant. Le sol vibre, il n'est pas là où on s'attend à le trouver, pas là où on l'a senti pour la dernière fois.

Je pose la soucoupe dans l'herbe roussie. Je me fiche du bébé. La soucoupe penche un peu. Le corps rose du bébé est écartelé telle une étoile de mer estropiée. Éclaboussé de lait et muet désormais. Je m'enfuis. Tout autour de moi, des gens brûlent, des arbres sont en feu, des étoiles s'écrasent avec un fracas de lustres qui se brisent. Je cours au milieu de tout ça, jusqu'à ce que je découvre une caverne avec une entrée étroite. À l'intérieur, ça sent les champignons, les serpents peut-être, mais je plonge dans les feuilles denses qui se tortillent et je me cache.

Quand le bruit s'arrête dehors, je repense au bébé. Ma responsabilité. Mon petit trésor à moi. Je pense à son visage brillant, plus petit qu'un bouton de chemise. Sa couronne pétillante de cheveux blancs. Ses pieds opaques, les ongles nacrés de ses orteils presque sans os. Comment ai-je pu l'abandonner ? Je me précipite hors de la caverne pour le rechercher. En courant, je m'arrache des touffes de cheveux. Je me mords les lèvres jusqu'au sang.

Je découvre la soucoupe brisée et me laisse tomber à côté. Je cherche à tâtons dans l'herbe meurtrie. Rien. Je ramasse les morceaux de porcelaine et j'aperçois des cheveux fins et blancs, des fragments d'œillets d'Inde. Je sanglote sans verser de larmes. Comment ai-je pu être aussi égoïste ? Aussi cruelle ? Je sens la présence des parents debout près de moi. Je les sens qui sourient. Ils attendent que je leur rende leur bébé adoré. Je brandis les morceaux de porcelaine. Je n'ai rien à dire. Le rêve s'achève. Je regagne ma propre chambre en rampant et je me réveille.

Dehors, la rue était calme. J'éprouvais de nouveau ce sentiment qui va au-delà de la solitude, bien au-delà du vide et de la tristesse ; j'imaginais tous ces couples endormis, enlacés sous leurs couettes, dans leurs chambres identiques, d'un bout à l'autre de la rue, d'un bout à l'autre de la ville, dupliqués dans le monde entier. Je pensais à Alison et à Tom dans leur lit chaud. Existait-il quelqu'un comme moi ? Quelqu'un d'aussi nul, d'aussi irresponsable qu'il ne peut même pas s'occuper d'un bébé rêvé, un non-bébé qui n'est qu'une aiguille à coudre dans un rêve stupide ?

Je restai couchée entre mes draps sales, les yeux brillants, d'un calme absolu. Je posai mes mains sur mon ventre et essayai d'envoyer un message à la minuscule chose qui se trouvait à l'intérieur. Je ne fis aucune promesse. Il était tôt, cinq heures peut-être, et j'entendais des mouettes brailler. Comme toujours, elles étaient rendues folles par les vers, gorgés d'humidité, qui serpentent à la surface de ma pelouse.

J'innove avec la literie

Comme il avait emporté la bouilloire, je fis bouillir de l'eau dans une toute petite casserole et dénichai un sachet de thé. Je décrochai le téléphone pour appeler Alison, puis me ravisai. Assise par terre dans le salon vide, j'écoutais une mouche se cogner inlassablement contre la fenêtre. Ce bruit semblait résumer un tas de choses. Ma langue était collée à mon palais. Je n'imaginais pas retrouver l'usage de la parole un jour. Je restai assise, toute la matinée et tout l'après-midi. Tandis que le soir tombait, des lumières commencèrent à s'allumer dans les maisons d'en face, selon un ordre qui aurait pu être un code pour je ne sais quoi.

Quand la plupart des lumières se furent éteintes, j'étais ankylosée et transie de froid. Je me fis un autre thé et tins la tasse entre mes mains jusqu'à ce qu'elle soit froide. Je l'entendis entrer. Aussi ivre que je l'avais supposé. Il tomba deux fois dans l'escalier et jura sans articuler. Je l'écoutai uriner longtemps, comme un cheval, puis j'entendis grincer le parquet de ma chambre, avant qu'il s'écroule sur le lit. Je continuai à attendre, jusqu'à ce qu'il ronfle de manière régulière depuis un moment. La dernière lumière s'éteignit dans la maison d'en face. Finalement, les silhouettes dentelées des arbres apparurent sur la colline au-delà des habitations. La magnifique face dégagée de la lune envoya son faisceau pur directement sur ma tête, alors que j'étais toujours assise là. Je m'allongeai et laissai la lumière inonder mon corps. Je sentais qu'elle me faisait quelque chose, elle me changeait. Elle enveloppait mon bébé de deux centimètres comme un champ de force bienveillant.

Je montai. Chaque fois qu'il inspirait en ronflant, je posais le pied bien à plat sur une marche. La lueur orangée d'un lampadaire baignait la chambre. L'air était épais et chaud. Il était couché sur le dos, pantalon ouvert, les deux bras au-dessus de la tête. Je l'appelai à trois reprises, un peu plus fort chaque fois. Il ne remua pas. Ses lèvres rouge carmin aspiraient et soufflaient. Elles seules bougeaient dans la pièce. Je donnai un coup de pied dans le montant du lit, me penchai en avant et fis rebondir le matelas avec mes mains. Il ne se réveilla pas.

Je m'agenouillai à côté du lit. Ma tête ne pesait plus rien, elle semblait avoir été récurée par des cristaux ; l'intérieur était rempli de rayons de lune. Mes yeux devaient briller comme des lampes du fait de la lumière intense qui se trouvait derrière. Je balayai la chambre du regard. Je ne la reconnaissais pas. Je me concentrai sur le mur nu de l'autre côté du lit. Je laissai mon esprit s'ouvrir. Sur le mur, je voyais des images prendre forme. Je regardais en arrière, je descendais une volée de marches sales en béton, vers un endroit sombre. Je fourrais des morceaux de viande déchiquetés et dégoulinants dans ma bouche. Et voilà que je donne des coups de tête contre un mur rugueux, puis je hurle sur un pont immense qui chancelle. Je suis couchée nue et en sang au milieu d'une foule. Les images tourbillonnaient sur le mur, de plus en plus vite : j'ai les yeux bandés, je suis ligotée, accroupie sur un sol mouillé, en train de baver. Et je pleure, toujours. Bon sang, ce que j'ai pleuré.

Je m'essuyai les yeux avec le drap et me relevai. Je savais maintenant quel était mon plan. Je tirai l'oreiller sur lequel sa tête reposait à moitié. Je voyais briller les minces croissants du blanc de ses yeux. Tenant l'oreiller à deux mains, je l'appuyai fermement sur sa bouche et son nez. Les ronflements cessèrent immédiatement. Je comptai jusqu'à cent, lentement, en maintenant l'oreiller de toutes mes forces. Il ne se débattit pas, sa poitrine cessa de se soulever et de retomber. Mes bras tremblaient, et mon nez coulait.

Je soulevai l'oreiller et le regardai. Rien ne se produisit. J'approchai mon oreille de sa bouche et attendis. Je sentais l'odeur de sa transpiration. Mes cheveux tombaient sur son visage. Je reculai vivement quand il avala une gigantesque bouffée d'air et grogna plusieurs fois. Ses yeux étaient dirigés vers le côté. Avant qu'il puisse les tourner pour me regarder, j'appuyai de nouveau l'oreiller sur son visage. Cette fois, ses jambes décrivirent des cercles lents, et il agita un peu les bras, comme s'il essayait de courir sous l'eau. Il émettait un son horrible, un meuglement sourd, sans paroles. Je dus grimper sur le lit, par-dessus ses jambes qui tressautaient, et me placer au milieu, sans cesser d'appuyer l'oreiller aussi fort que je le pouvais. Je pressais de tout mon poids, et malgré cela, je sentais ses épaules se soulever, mais les bruits effroyables cessèrent enfin. Je me penchai en avant afin que mes bras croisés appuient sur l'oreiller, et je poussai, je poussai, jusqu'à ce que ses épaules s'affaissent et s'immobilisent.

Je me rassis sur les fesses, le souffle coupé. Rien ne se produisit, alors j'attendis, en essayant d'avaler de l'air en silence. J'écartai mes cheveux de mon visage et approchai ma joue de sa bouche, mais impossible de dire s'il était toujours vivant. Je repensai alors à un truc que j'avais vu dans une série hospitalière. Je bondis hors du lit et courus dans la salle de bains. Dans l'armoire de toilette, je trouvai une épingle de nourrice. Je m'arrêtai à l'entrée de la chambre. Et s'il était prêt à me sauter dessus ? Je réussis quand même à y retourner. Il était étendu sur le lit. Son entrejambe était mouillé. Je me plaçai au niveau de ses pieds et ouvris l'épingle de nourrice. Je l'observai attentivement pendant que j'enfonçai la pointe dans son cou-de-pied. Je hurlai en voyant ses lèvres remuer. Comme il n'y eut pas d'autre réaction, je recommençai. Cette fois, son pied se crispa. Je crus voir sa poitrine se soulever et retomber.

J'approchai de sa tête, centimètre par centimètre, en serrant l'oreiller dans mes poings. Ses cheveux étaient assombris, sa mâchoire de travers. J'étais tellement épuisée que j'avais l'épaisseur d'une feuille de papier, mes bras étaient aussi inutiles que des pailles, mais je savais que ça n'avait pas d'importance, je devais aller au bout de mon plan simple. Alors, j'appuyai de nouveau l'oreiller et comptai jusqu'à cinq cents. Cinq cents beaux battements de cœur. Les cinq cents premières secondes de ma nouvelle vie. Finalement, j'ôtai l'oreiller et le laissai tomber par terre. Je m'agenouillai à côté de lui et enfonçai l'épingle dans tout son pied, des petits coups rapides du gros orteil à la cheville. Je lui dis que j'étais désolée, mais je ne le pensais pas. J'embrassai ses lèvres déformées. Tout en sachant qu'il pouvait m'agripper et tout recommencer. Mais rien ne se produisit. Alors, je l'abandonnai dans la chambre.

Remerciements

Un grand merci à mon éditrice Ailah Ahmed, si intelligente, pour son aide inestimable, à Jamie Byng et tous les gens talentueux de chez Canongate qui ont pris soin de moi et de mon livre avec tant d'attention.

Merci également à mon adorable agent, Cathryn Summerhayes.

Merci aussi à mon groupe d'écriture *Edgeworks* : Ruth Smith, Liz Porter, Norman Schwenk, Claire Syder et Jane Blank, d'avoir été si présents, une fois par mois.

Merci à l'Académie du pays de Galles de m'avoir attribué une bourse pour mener à bien ce projet.

Je remercie Richard Lewis Davies pour ses conseils et son soutien.

Tous mes remerciements à la *New Welsh Review* d'avoir publié un extrait du livre.

Merci à mes enfants et à mes amis d'avoir été aussi patients alors que je ne parlais que de mon livre. Je suis reconnaissante à ma sœur Victoria.

Et enfin, pour son soutien sans faille, son savoir-faire et tous ses côtés merveilleux, je dois beaucoup à Norman.

CET OUVRAGE A ÉTÉ COMPOSÉ PAR BELLE PAGE
IMPRESSION RÉALISÉE PAR
MAURY MALESHERBES
POUR LE COMPTE DES ÉDITIONS J. C. LATTÈS
EN AVRIL 2023

LE MASQUE
s'engage pour l'environnement
en réduisant l'empreinte carbone
de ses livres.
Celle de cet exemplaire est de :
180 g éq. CO_2
Rendez-vous sur
www.lemasque-durable.fr

PAPIER À BASE DE
FIBRES CERTIFIÉES

N° d'édition : 01 – N° d'impression : 269823
Dépôt légal : mai 2023
Imprimé en France